불한당들의 세계사

LA HISTORIA UNIVERSAL DE LA INFAMIA

by

Jorge Luis Borges

호르헤 루이스 보르헤스

불한당들의 세계사

호르헤 루이스 보르헤스 지음
황병하 옮김

민음사

차례

나는 이 책을 S.D.에게 헌정한다. 영국 여인이며,
셀수없이 많으면서도 동시에 하나인 〈천사〉에게.
또한 나는 여하튼 잃고 있지 않는 내 자신의 핵 ——
언어로 다루어질 수 없고, 꿈과 교환될 수 없고,
그리고 시간과, 환희와 불행에 범접당하지 않은 가슴
깊은 곳 —— 을 그녀에게 바친다.

1954년판 서문

나는 바로크가 자의적으로 스스로의 가능성들을 고갈시키고(또는 고갈시키기를 바란), 자기 자신의 캐리커처에 근접한 그런 사조였다고 말하고 싶다. 1880년경 앤드류 랭[1]은 포프[2]의 『오딧세이』를 모탕하려고 했으나 그것은 쓸모없는 일이었다. 왜냐하면 포프의 작품은 이미 원작의 패러디였고, 그리고 그러한 원작과 번역 사이의 갈등 관계에 대해 솔직하게 드러내 놓고 있기 때문이다.[3] 바로크는 여러 가지 3단논법 양식들 중 하나에 대한 이름이다. 13세기에 이 용어는 12세기의 건축과 그림의 과도한 남용을 가리키기 위해 씌어졌다. 나는

---

*) 이 책의 대부분의 각주는 역자의 주이다. 저자의 주일 경우는 [원주]라고 표기하겠다.

1) Andrew Lang(1844-1912) : 스코틀랜드의 학자이며 작가로서 민담 및 민요에 깊은 관심을 가졌다. 그는 민담에 관한 인류학적 연구뿐만 아니라 그 정들의 이야기들을 전래되어 내려오는 대로 기술·집대성하는 작업에 주력했다. 대표작으로 『푸른 요정의 책』 등이 있다. 랭은 그뿐만 아니라 시, 소설 등도 발표했다.

2) Alexander Pope(1688-1744) : 영국의 시인. 『인간에 관한 글』 등 많은 작품을 남겼으나 가장 위대한 업적으로 평가받고 있는 것은 『일리어드』와 『오딧세이』의 번역이다. 그의 번역은 원문에 대한 해석 자체보다는 자신이 살고 있던 동시대와의 연관관계에 초점이 맞추어져 있었다. 그 때문에 부분적으로 비판을 받았으나 보르헤스는 패러디로서의 그의 작품을 높이 평가했다.

3) 이 말은 앤드류 랭이 전래되어 내려오는 이야기들을 그대로 편집하려는 태도를 취했으나 그가 전래되는 이야기의 하나라고 믿었던 포프의 『오딧세이』가 패러디였다는 이율배반을 지적하고 있다.

스스로의 장치들을 모두 드러내 보이고 남용하는 단계에 이른 모든 예술의 마지막 국면을 바로크라 부르고자 한다. 바로크는 지적이고, 버나드 쇼[4]는 모든 지적 노력은 해학적이라고 선언했었다. 이러한 해학주의는 발따사르 그라시안[5]의 작품에서는 무의식적이고, 존 돈[6]의 작품에서는 의도적이거나 안하무인적이다.

이미 이 작품집의 과장된 제목은 그것의 특성이 바로크적임을 공표한다. 그것들을 유화시키는 것은 작품 자체를 망치는 것과 같을 것이다. 그래서, 나는 이 경우 〈내가 쓴 것을 나는 썼다〉(요한복음 19장 22절)라는 금언을 인용하고 싶다. 그리고 20년이 지난 후 그러한 성격을 억제시키려고 하는 것[7] 역시 마찬가지로 작품을 망치게 만드는 결과를 낳게 될 것이다. 그것은 단편소설을 쓰고 싶은 열정이 없고, 먼 역사를 왜곡하고, 속이려는(어떤 경우는 문체론적 정당성도 없이) 한 겁쟁이의 무책임한 장난에 불과하다. 이 작품집은 그러한 모호한 습작품들로부터 직접 들려주는 형식을 취하고 있는 매우 고심한 단편 —「장밋빛 모퉁이의 남자」— 으로 넘어간다. 이 작품은 단편소설의 〈할아버지들의 할아버지〉인 프란시스꼬 부스또스[8]가 작가로서 서

---

4) George Bernard Shaw(1856-1950) : 아일랜드 더블린 출신의 희곡 작가로 음악 비평으로도 명성을 날렸다. 대표작으로는 「박사의 딜레마」, 「시저와 클레오파트라」, 「성 요한」 등이 있다.

5) Baltazar Gracián(1601-1658) : 스페인의 예수회 수도사요 작가로 스페인 바로크를 대표하는 사람 중의 하나이다. 수많은 학술서적들을 남겼으며 걸작으로는 소설 『혹평가』가 있다.

6) John William Donne(1572-1631) : 아일랜드 출신의 철학자로 원 이름은 존 윌리엄 둔Dunne이다. 대표작으로는 『시간과의 실험』 등이 있다.

7) 여기서 20년 후란 원래 이 책이 발간된 해가 1935년인데 이 서문이 들어 있는 새로운 판은 1954년이기 때문이다. 따라서 20년의 시간이 흐른 것이다. 이 서문의 마지막 부분에서 밝히지만 보르헤스는 이 1954년판을 내면서 이 작품집의 마지막 작품인 「기타 등등」에 세 개의 작은 이야기들을 새로 첨가시켰다.

8) 이 인물은 「장밋빛 모퉁이의 남자」라는 작품의 화자다. 그가 실존 인물이

명을 했고, 간단없고 약간 신비스러운 성공을 거두었다.

변두리의 억양으로 이루어진 그 텍스트 속에[9] 내가 몇 개의 유식한 단어들을 차입시켰음을 주목하게 될 것이다. 내장, 대화와 같은 어휘들. 나는 나의 그 친구가 세련미를 갖고자 열망했기 때문에(바로 그것 때문에 세련미를 앗아가지만 아마 그것이 진정한 세련미일는지도 모른다), 또는 변두리 사람들이 일종의 플라토닉적인 나의 친구처럼 항상 그런 식으로만 말하는 것이 아니기 때문에 그렇게 한 것이다.

세계의 석학들은 우주의 본질이 공허라고 가르친다. 그들의 지적은 우주의 최소치인 이 책에 관한 한 정말 일리가 있다. 교수대와 해적들이 그것을 채우고, 〈불한당〉이라는 단어가 제목 속에서 착란을 일으킨다. 그러나 그 소동 아래에는 그 어떤 것도 없다. 그것은 이미지들의 표피인 겉모양에 불과하다. 바로 그 때문에 아마 재미있게 느껴질지도 모른다. 그것을 수행한 사람은 불행한 사람이지만 그것을 쓰면서 몹시 즐거워했다. 제발 그 즐거움의 어떤 메아리가 독자들에게 가 닿기를.

「기타 등등」부분에서 나는 세 개의 새로운 작은 이야기들을 첨가시켰다.

호르헤 루이스 보르헤스

아님에도 불구하고 단편소설의 〈할아버지들의 할아버지〉라고 부른 것은 우리가 흔히 발견할 수 있는 익명의 많은 뛰어난 이야기꾼들을 가리키고자 쓴 말이다.

9) 「장밋빛 모퉁이의 남자」라는 이 작품은 한 시골 사람이 이야기를 들려주는 구어체로 되어 있다.

제 1 판의 서문

이 책에 묶여 있는 이야기들은 1933년부터 1934년에 씌어진 것들이다. 나는 그것들이 스티븐슨[10]과 체스터턴,[11] 폰 스턴버그[12]의 초기 필름들, 그리고 아마 에바리스또 까리에고[13]의 전기로부터 유래하지 않았나 생각한다. 이 작품들은 동떨어진 단편적인 이야기들의 열거, 끝이 열려 있는 급작스러운 종결, 한 사람의 전 생애를 두세 개 장면에로의 축약 등과 같은 몇 가지 기법들을 차용하고 있다. (이러한 가시적인 의도는 또한 「장밋빛 모퉁이의 남자」라는 단편을 끌고 가는 축이 되고 있다.) 이 단편들은 심리학적인 것들이 아니며, 또한 그렇

---

10) Robert Louis Balfour Stevenson(1850-1894) : 『지킬 박사와 하이드』로 유명한 영국의 소설가로 여러 모험소설들을 썼다. 또 다른 대표작으로 『보물섬』이 있다.

11) Gilbert Keith Chesterton(1874-1936) : 보르헤스가 자신의 여러 작품에서 언급하고 있는 영국의 소설가이자 비평가. 작품에 나오는 자세한 각주를 참조할 것.

12) Josef von Sternberg(1894-1969) : 오스트리아 비엔나에서 태어난 미국의 영화 감독. 1914년 미국으로 이주한 뒤 1925년 「구원의 사냥꾼」의 조감독으로 찰리 채플린에게 인정을 받았고, 1925년 파라마운트사 감독이 되었다. 주요 작품으로 「슬픔의 천사」, 「암흑가」, 「모로코」 등이 있다.

13) Evaristo Carriego(1883-1912) : 젊은 나이에 요절한 아르헨티나의 민중 시인이자 소설가이며 희곡 작가. 그는 보르헤스 아버지의 친구였으며, 일요일이면 보르헤스의 가족을 방문하곤 했다. 그는 보르헤스의 문학 여정에 깊은 영향을 미쳤고, 1930년 보르헤스는 〈에바리스또 까리에고〉라는 제목으로 그의 전기를 썼다.

게 하려고 의도하지도 않았다.

이 책을 끝맺음하고 있는 마술에 관한 몇 가지 이야기들에 있어 나는 번역자 또는 독자 이상의 그 어떤 권한도 가지고 있지 않다. 이따금 나는 좋은 독자들은 좋은 저자들보다 더욱더 난삽하고, 독특한 존재들이라고 생각한다. 발레리가 자신의 대 과거인 에드몽 떼스뜨[14]의 것으로 밝힌 작품들이 그의 아내나 친구들의 작품들보다 아주 가치가 없음을 부인하는 사람은 아무도 없을 것이다. 따라서 읽기는 쓰기 후에 일어나는 행위이다. 보다 체념적이고, 보다 문화적이고, 보다 지적인 행위.[15]

1935년 5월 27일 부에노스 아이레스에서
호르헤 루이스 보르헤스

---

14) Edmond Teste : 이 인물은 발레리의 초기 산문 『떼스뜨 씨와의 오후 *Le Soir avec Monsieur Teste*』(1896)에 나오는 허구의 인물이다. 일종의 발레리의 분신인 그는 이 작품에서 여러 가지 문학적 장치들에 관한 논지들을 설파한다. 이 서문에서와 마찬가지로 소위 허구적 저자로서의 그의 의치는 에세이인 「상징으로서의 발레리」(그의 에세이집 『또 다른 심문』에 실려 있음)와, 소설인 「삐에르 메나르, 돈키호테의 저자」(이 책에서 이 소설집에 이어 나오는 『픽션들』에 실려 있는 작품)에서 또한 풍자적으로 패러디되고 있다.

15) 이 서문을 이해하기 위해서는 한 가지 선행 지식이 필요하다. 보르헤스가 서문에서 밝히고 있듯이 작품집에 나오는 작품들은 모두가 소위 창작품들이 아니라 보르헤스가 어떤 책을 바탕으로 그것을 다시 자기 방식으로 재구성한 것이다. 후에 포스트모더니즘의 주요 성격으로 자주 언급되던 상호텍스트성, 패러디, 패스티쉬의 문제가 바로 여기에서 시작되고 있다. 이러한 작업 태도 때문에 보르헤스는 이 서문에서 저자보다 독자가 훨씬 중요한 위상을 가지고 있다고 직·간접적으로 언명하고 있는 것이다.

잔혹한 구세주 라자루스 모렐

까마득한 이유

1517년 바르똘로메 데 라스 까사스[1]는 안띠야스 제도[2]의 금광에서 혹독한 노동에 시달리던 원주민(인디언)들에게 몹시 연민을 느꼈고, 황제 까를로스 5세[3]에게 후에 안띠야스 제도의 금

---

1) Bartólome de las Casas(1474-1566) : 스페인 출신 도미니칸 선교사이며 역사가로 헤르난 꼬르떼스 등과 같은 아메리카 정복자들의 만행을 신랄하게 비판했던 인물. 〈인디언들의 사도〉〈인디언들의 보호자〉로 『인디아 파괴에 관한 짧은 이야기』, 『인디아에 관한 일반 역사』와 같은 저술을 남김. 〈인디아〉란 아메리카 대륙을 가리킴. 여기서 보르헤스가 의도하고자 하는 것은 그가 스페인 정복자들의 인디언들에 대한 만행을 신랄하게 비판했으면서도 흑인 노예 수입이라는 또 다른 형태의 착취 구조를 건의한 이율배반적 아이러니를 지적하기 위함이다.

2) 안띠야스Antillas 제도란 중앙 아메리카와 마주 보는 곳에 자리잡고 있는 일련의 섬들을 가리킨다. 안띠야스 제도는 안띠야스 대제도와 소제도로 나뉘어 있다. 대제도에는 쿠바, 자메이카, 푸에르토 리코 등이 포함되며, 소제도에는 그라나다, 산 비센떼 등이 포함된다.

3) 아메리카 대륙 발견 및 정복 시대의 스페인 왕.

광에서 혹독한 노동에 시달리게 될 흑인 노예들의 수입을 건의
했다. 한 박애주의자의 이러한 야릇한 이율배반성으로 인해 셀
수도 없이 많은 사건들이 일어났다. 핸디[4]의 블루스 음악, 우루
과이 출신 화가이자 박사였던 뻬드로 피가리[5]가 파리에서 이룩
한 성공, 역시 우루과이 출신인 비센떼 로시[6]의 아름다운 야생
적 산문, 에이브러햄 링컨의 신화적 위대성, 미국의 남북전쟁에
서 사망한 50만 명, 군 연금으로 지출된 33억, 전설적인 팔루
초[7]의 동상, 학술원의 제13판 사전에 〈린치를 가하다 linchar〉라
는 동사가 받아들여진 일, 격렬한 영화 「할렐루야」, 솔레르에
의해 세리또에서 갈색인들과 흑인들 앞에 겨누어진 총들의 우렁
찬 발사,[8] 딸[9] 아가씨의 영예, 마르띤 피에로가 죽인 흑인,[10]
애절한 룸바[11] 춤곡 「땅콩 장수」, 뚜쌩 루베르뛰르[12]의 너무 대

---

4) William Christopher Handy(1873-1958) : 미국의 유명한 흑인 블루스 음
   악가.
5) Pedro Figari(1861-1938) : 우루과이 출신의 변호사이며, 정치가였고, 화
   가였던 인물.
6) Vicente Rossi(?): 우루과이 출신 작가.
7) Antonio Ruíz Falucho(? -1824) : 일명 〈깜둥이〉로 불렸던 전설적인 군인
   으로 1824년 페루에서 스페인에 대항해 일어났던 까야오 반란 때 처형된 인물.
8) 여기서 솔레르 Soler(1783-1849) : 아르헨티나의 장군 겸 정치가. 스페인에
   맞서 아르헨티나 독립을 위해 싸웠고, 후에 부에노스 아이레스의 지사가
   됨. 세리또 Cerrito는 파라과이 강 속에 있는 아르헨티나의 섬.
9) Tal : 흑인여자로 추정됨.
10) 아르헨티나의 낭만주의 시인 호세 에르난데스 José Hernández(1834-
   1886)의 서사시 「마르띤 피에로」에 나오는 내용. 보르헤스는 〈가우초(아르
   헨티나 평원에서 거주하는 목동)〉를 주제로 한 이 작품에 지대한 관심을
   표명했다. 그의 두번째 소설집 『픽션들』에 실려 있는 「끝」, 세번째 소설집
   『알렙』에 실려 있는 「따데오 이시도로 꾸르스의 전기」(1829-1874) 또한
   「마르띤 피에로」의 내용의 한 부분을 다루고 있다. 에르난데스의 작품에
   보면 마르띤 피에로가 한 흑인을 죽이는 장면이 나온다.

담해 지하 감옥에 갇힐 수밖에 없었던 나폴레옹주의, 하이티에서의 십자가와 뱀, 13) 빠빠로이14)의 낫에 의해 목이 잘려진 산양들, 탱고의 하바나15)적 기원, 깐돔베. 16)

덧붙이면 잔혹한 구세주 라자루스 모렐의 죄 많고 거대했던 삶.

장소

세계에서 가장 긴 강, 물들의 아버지인 미시시피가 이 비교할 길 없는 악당의 휘황찬란한 무대였다. (미시시피는 알바레스 삐네다에 의해 발견됐고, 그곳을 첫번째로 탐험한 사람은 대장 에르난도 데 소또였다. 17) 그는 여러 달 동안 잉카 제국의 황제 아따우알빠18)의 포로 생활을 즐기면서 그에게 서양장기놀이를 가르쳤었다. 그는 죽었고, 미시시피 강물이 그에게 묘지를 마련해

---

11) 쿠바의 흑인들이 즐겨 추는 춤의 일종.
12) Toussaint Louverture(1743-1803) : 하이티의 정치가이자 장군이었던 사람. 산또 도밍고에서 일어났던 흑인 반란의 주동자.
13) 하이티 흑인들의 설화적 상징.
14) papaloi : 흑인 종족의 이름을 가리키는 것으로 추정됨.
15) 하바나는 쿠바의 수도이며, 여기서 땅고tango는 아르헨티나에 기원을 두는 탱고가 아닌 쿠바의 흑인들이 추는 춤을 가리킴.
16) Candombe : 흑인들이 추는 요란스러운 춤, 또는 그것을 출 때 쓰는 악기를 가리킴.
17) 역사적으로 미시시피 강을 발견한 사람은 에르난도 데 소또 Hernando de Soto(1500 ? -1542 ?)로 알려져 있다. 그는 스페인 군인으로 삐자로와 함께 페루 정복에 참여했다가 나중에 쿠바의 총독으로 임명된다. 후에 미 대륙의 탐험을 시작, 플로리다를 정복했고, 그리고 미시시피 강을 발견한 뒤 강 연안에서 죽었다고 전해진다.
18) Atahualpa(1500-1533) : 페루 잉카제국의 마지막 왕.

주었다.)

미시시피는 폭이 넓은 강이다. 미시시피는 빠라나 강, 우루과이 강, 아마존 강, 그리고 오리노꼬 강[19]의 어둡고 영원한 형제이다. 미시시피는 검고 칙칙한 빛깔의 물을 가진 강이다. 미시시피는 매년 4억 톤 이상의 진흙을 흘러내려 보내면서 멕시코 만을 조롱한다. 수많은, 엄숙하고 오래된 쓰레기들이 하나의 삼각주를 형성하고 있는데, 그곳에는 늪지에 서식하는 거대한 삼나무들이 끝없이 용해되는 대륙의 찌꺼기들 속에서 자라고 있다. 그리고 그곳에는 진흙, 죽은 물고기들, 그리고 골풀들로 이루어진 미로들이 자신들의 경계선과, 악취 진동하는 자신의 제국을 확장해 나가고 있다. 또한 더 위쪽인 알칸사스 주와 오하이오 주 꼭대기까지 강의 저지대가 범접해 있다. 그곳에는 바싹 마른 몸매의 노리끼리한 종족이 살고 있다. 자신들의 주변에 모래와 땔나무, 그리고 더러운 물밖에 없었기 때문에 돌과 쇠를 보게 되면 그들의 눈은 불덩이처럼 타오르게 된다.

사람들

19세기 초(우리에게 흥미를 주는 시기) 미시시피 강가에는 흑인들이 해가 떠서 질 때까지 일을 하는 광활한 목화 농장들이 자리잡고 있었다. 그들은 나무로 지은 통나무집의 흙바닥에서 잠을 잤다. 어머니, 아들의 관계 외에 그들의 인척관계는 오랜 관습을 따르고 있었고 혼탁했다. 이름들은 가지고 있었다. 그러

---

19) 이상 중남미에 있는 강들의 이름.

나 성에 얽매여 있지는 않았다. 그들은 글을 읽을 줄 몰랐다. 그들은 구성진 가성으로 모음을 길게 빼는 영어를 흥얼거리곤 했다. 그들은 십장의 채찍 아래서 허리를 구부린 채 줄을 지어 일을 했다. 그들은 도망쳤고, 얼굴이 구레나룻으로 뒤덮인 사람들이 아름다운 말에 올라탔고, 줄에 묶인 사나운 개들이 그들의 뒤를 쫓았다.

그들의 짐승적인 기다림과 아프리카적인 공포의 저변에 성경 말씀들이 첨가되었다. 따라서 그들의 신앙은 그리스도에 대한 신앙이었다. 그들은 심원하게, 그리고 떼지어 노래를 부르곤 했다. 〈모세여 내려가라.〉 그들에게 미시시피는 불경한 요르단 강에 대한 훌륭한 상징으로서의 역할을 했다.

이 척박한 땅과 흑인 노예들의 주인들은 갈기머리를 가진 지으르고 탐욕스러운 사람들이었다. 그들은 모두 백송으로 만든 유사 그리스식 현관이 있는, 강이 바라다보이는 거대한 저택들에서 살고 있었다. 그들은 건강한 노예 하나를 구하기 위해 천 달러를 지불해야 했는데 그는 오래 가지 않았다. 어떤 노예들은 병에 걸리거나 죽는 배은망덕한 죄를 저지르곤 했다. 그들은 이 불확실한 재산으로부터 최대한의 이윤을 뽑아내야 했다. 그래서 그들을 해가 떠서부터 질 때까지 들판에 붙들어두었다. 그리고 매년 그들로 하여금 산더미만한 양의 목화, 담배 또는 설탕을 수확하도록 강압했다. 이러한 견딜 수 없는 문화에 기진맥진하고, 극심하게 구타당한 땅은 몇 년 가지 않아 황폐해지고 말았다. 혼란스럽고, 탈색한 사막이 대농장들 안에 들어서게 되었다. 버려진 저수지들의 주변, 대농장들의 주변, 빽빽이 들어찬 갈대밭과 더러운 진흙탕에서는 피부빛깔이 하얀 악당들, 가난한 백인들이 살고 있었다. 그들은 어부들이거나, 사냥꾼들이거나, 말도둑들이었다. 그들은 흑인들에게 늘 훔친 음식 쪼가리를 구걸하곤 했고, 풀죽은 태도 속에서도 한 가지 자만감만큼은 유지하고 있었다. 숯검정이 없고, 다른 피가 섞이지 않은 혈통에 대한 자만감. 라자루스 모렐도 그중의 하나였다.

인물

　미국의 잡지들이 자주 게재하곤 하는 라자루스 모렐의 은판 사진은 진짜가 아니다. 이처럼 후세에 길이 남으리만치 유명한 인물의 진짜 사진이나 초상화가 남아 있지 않다는 것은 단지 우연만은 아닐 것이다. 모렐 스스로가 그 광택이 나는 금속판을 거부했으리라는 것은 신빙성이 있는 추측이다. 특히 불필요한 흔적을 남기지 않기 위해, 더 나아가 자신에 대한 신비감을 조장하기 위해……. 그럼에도 불구하고 우리는 그가 좋은 인상의 젊은이가 아니었고, 길게 째진 작은 눈과 직선의 형태를 가진 그의 입술은 그에 대해 호감을 갖지 못하도록 했다는 것을 알고 있다. 그러나 세월은 그에게 늙은 악당들, 처벌을 받지 않은 행운의 범죄자들이 가지고 있는 그 특별한 위엄을 선사했다. 그는 어린시절에 불행하고 참혹한 삶을 거쳤던 남부의 신사였다. 그는 성경에 대해 무지하지 않았으며, 독특한 깨달음에 입각해 설교를 하곤 했다. 「저는 설교대에 서 있는 라자루스 모렐을 보았지요」 루이지애나 주 베이톤 루지 시에 있는 한 도박장의 주인이 이렇게 썼다. 「그리고 나는 그의 매우 교화적인 말들을 들었고, 그의 눈에 맺혀 있는 눈물들을 보았지요. 나는 그가 간통의 전력이 있고, 흑인 노예들을 훔치고, 하느님의 면전에서 살인을 했던 사람이라는 것을 알고 있었지요. 그러나 그와 똑같이 나의 눈도 눈물을 흘리고 있었지요」

그가 가진 이러한 거룩한 열정에 대한 또 다른 증거는 모렐 스스로가 제공한다.

「우연히 나는 성경을 펼쳐들었고, 우연히 성 바오로의 적절한 성경 말씀 한 구절이 눈에 들어왔고, 나는 1시간 20분 동안 설교를 했습니다. 그때 크랜쇼와 동료들 또한 시간을 헛되이 보내지는 않았지요. 왜냐하면 그들은 청중들의 말들을 모두 몰고 도망가 버렸으니까요. 우리들은 그 말들을 알칸사스 주에 가서 팔았지요. 나중에 특별한 경우에 쓰려고 남긴 매우 씩씩해 보이는 한 마리 빨간색 말을 제외하고는요. 크렌쇼 또한 좋아했지만 나는 그게 그에게 전혀 소용이 닿지 않음을 보게 만들어주었지요」

방법

한 주에서 훔친 말들을 다른 주에 가서 파는 게 결코 모렐의 범죄 이력에서 완전히 이탈된 행동은 아니었다. 그러나 그것은 『불한당들의 세계사』에 있어 그가 중요한 자리를 차지하도록 보장해 주는 그런 방식들을 예견하게끔 만들어주었다. 이 방식은 그것이 가능하도록 하는 독특한 정황뿐만 아니라, 그것이 요구하는 비열함, 기다림에 대한 치명적인 조종, 그리고 악몽의 대담한 발전 과정과 유사한 아주 점진적인 전개 때문에 유일무이

한 것이다. 알 카포네와 버그스 모란은 대도시에서 고명하신 자본과 비굴한 기관총들을 가지고 조직을 운용하지만 그들의 사업은 천박하다. 그들은 독점을 위해 서로 싸우고, 그것이 그들의 전부이다……. 사람들의 숫자에 관한 얘기를 해보자면 모렐은 모두 충성을 맹세한 약 천여 명의 부하들을 거느리게 되었다. 200명이 상부위원회를 구성했고, 이 위원회는 나머지 800명의 행동대원들이 실행에 옮기게 되는 명령들을 내렸다. 위험은 하부조직에서 발생하곤 했다. 배신자의 경우, 그들은 재판에 회부되고, 발에 확실한 돌덩어리가 묶여진 채 시커먼 강의 급류에 내던져졌다. 그들은 대부분 흑인과 백인의 혼혈인들이었다. 모렐의 악질적인 사업 내용은 다음과 같았다.

그들은 사람들의 존경심을 불러일으키기 위해 반지 같은 덧없는 사치품을 끼고 남부의 광활한 농장지대를 휩쓸고 다녔다. 그들은 불운한 흑인 하나를 선택했고, 그리고 그에게 자유를 주겠다고 제안했다. 그들은 그에게 자신들이 멀리 떨어져 있는 다른 농장에 두번째로 다시 팔아줄 테니까 현재의 주인으로부터 도망치라고 말했다. 그러고 나면 그들은 몸값으로 받은 돈의 일부를 그에게 주고, 그가 다시 탈출할 수 있도록 도와준다는 것이었다. 그런 다음 그들은 그를 노예제도가 폐지된 주로 데려갈 것이었다. 돈과 자유, 자유와 함께 짤랑거리는 달러 은화들, 그보다 더 나은 그 어떤 유혹을 그 불행한 흑인에게 제안할 수 있단 말인가? 흑인 노예는 첫번째 탈출을 감행하게 되었다.

자연적인 탈출로는 강이었다. 카누, 증기선의 난간, 거룻배, 가장자리에 파수막이 쳐 있고, 돛을 단 하늘처럼 거대한 뗏목. 장소는 중요치 않았다. 단지 움직임 속에 있다는 것, 지치지 않는 강 위에 안전히 있다는 것을 아는 게 중요했다……. 그들은 그를 다른 농장에 팔았다. 그는 다시 갈대밭, 또는 계곡 속으로 도망쳤다. 그러고 나서 그 무시무시한 박애주의들은 (이미 흑인 노예는 그들에 대해 불신하기 시작한다) 알 수 없는 지출에 더한 서류를 보여주고, 그를 마지막으로 한 번 더 팔아야겠다고 선언했다. 그들은 그가 돌아오면 그의 몫과 자유를 줄 것이었다. 그는 자신이 팔리도록 내버려 두었고, 한동안 일을 했고, 그리고 마지막 도주에서 겪게 될 인간사냥개들과 채찍들의 위험에 도전했다. 그는 피와, 땀과, 절망과, 졸음과 함께 되돌아왔다.

마지막 자유

이러한 일들에 대한 법률적 관점의 고찰이 필요하다. 모렐의 수하들은 원래의 주인이 노예의 도주를 고발하지 않거나, 그를 발견한 사람에게 보상금을 지급하겠다는 것을 공표하지 않는 경우에만 흑인 노예를 노예 시장에 내놓았다. 그리고 앞에 이루어졌던 매매가 도둑질이 아닌 섣부른 믿음의 결과였던 탓에 누구든 그 흑인 노예를 억류할 수가 있었다. 결코 입은 손해는 보상받을 수 없었기 때문에 법에 호소하는 것은 쓸데없는 짓이었다.

이 모든 것은 가장 평온한 경우의 얘기였고, 영원히 그러한 것만은 아니었다. 그 흑인 노예는 말을 할 수가 있었다. 순전히 감사하는 마음이든, 아니면 불행에 빠져들게 되었기 때문이든 흑인은 말을 할 수 있는 능력이 있었다. 일리노이 주 엘 카이로에 있는 사창굴에서 마신 호밀로 만든 몇 항아리의 위스키. 바로 그 사창굴에서 뱃속에서부터 노예로 태어났던 그 개새끼는 사람들이 이유없이 자신에게 가하는 압박감에 주정을 할 것이었고, 그렇게 해서 그의 입에서 비밀이 새어나왔다. 그 당시, 한 노예 해방 정당이 북부를 들쑤시고 있었다. 노예의 재산화를 부정하고, 흑인들의 자유를 공표하고, 흑인 노예들에게 도주하라고 부추겼던 위험스러운 광인들의 떼거지. 모렐은 그러한 무정부주의자들에게 현혹되지 않았다. 그는 양키가 아니었다.[20] 그는 남부의 백인이었고, 백인의 아들이며, 백인의 손자였다. 그리고 그는 사업에서 은퇴하면 상당한 규모의 목화 농장과 머리를 수그리는 일단의 노예들을 소유한 신사로서의 삶을 영위하기를 바라고 있었다. 과거의 경험에 따라 그는 불필요한 위험에 몸을 던질 그런 사람이 아니었다.

도망자는 자유를 기다리고 있었다. 그러면 라자루스 모렐의 음산한 혼혈인 부하들은 하나의 표식 이상으로 전달되지 않는 지시사항을 주고받았다. 그들은 그를 시각으로부터, 청각으로부터, 촉각으로부터, 대낮으로부터, 오명으로부터, 시간으로부터, 박애주의자들로부터, 동정심으로부터, 공기로부터, 개들로부터, 우주로부터, 기다림으로부터, 땀으로부터, 그리고 그 자신으로부터 해방시켰다. 한 발의 탄환, 단검으로 깊게 한 번 찌르기 또는 구타, 그리고 미시시피의 거북이들과 돌잉어들은 마지막 통지를 받았다.

---

20) 여기서 양키란 미국인을 뜻하는 게 아니라 미국의 남부 사람들이 북부 사람들을 조롱하는 뜻으로 쓰는 말이다.

재앙

충직한 부하들의 노력에 힘입어 사업은 번창할 수밖에 없었다. 1834년 초까지 이미 모렐에 의해 약 70명의 흑인들이 해방되었다. 그리고 다른 흑인들이 앞서 언급한 그런 과정을 쫓고 있었다. 사업 영역은 광활했고, 새로운 결사대원들을 받아들여야 했다. 서약을 했던 그 새로운 사람들 중 버질 스트와트라고 하는 알칸사스 주 출신의 한 젊은이가 있었다. 그는 잔인성 때문에 곧 눈을 끌게 되었다. 그 젊은이는 많은 노예들을 잃은 한 신사의 조카였다. 1834년 8월 그는 자신의 서약을 파기했고, 므렐과 다른 사람들을 밀고했다. 뉴올리언스에 있는 모렐의 집은 경찰에 의해 포위되었다. 모렐은 임기응변적인 순발력과 뇌물을 통해 탈출을 할 수가 있었다.

3일이 지났다. 그때 모렐은 뚤루즈 거리에 있는, 등나무들과 석상들을 가진 정원이 있는 한 오래된 저택에 숨어 있었다. 그는 거의 음식을 먹지 않았고, 깊게 담배 연기를 빨아들이며 침침하고 거대한 방들을 맨발로 배회하곤 했던 것 같다. 그는 그 집의 한 노예를 통해 나처스 시와 레드 리버 시에 각각 한 통씩의 편지를 보냈다. 네번째 날 그 집에 세 명의 남자가 찾아왔고, 그들은 모렐과 얘기를 나누며 새벽이 될 때까지 그곳에 머물렀다. 다섯째 날, 날이 어두워지자 모렐은 일어났고, 면도기 하나를 요청했다. 그는 정성스럽게 구레나룻 수염을 깎았다. 그는 옷을 차려입고 밖으로 나갔다. 그는 아주 느리고 차분한 걸음으로 도시의 북쪽 근교를 가로질렀다. 이미 그는 그 끝이 미시시피의 저지대와 맞닿아 있는 완전한 들판에 들어서 있었다.

그는 더욱 경쾌하게 걸음을 옮겼다.

그의 계획은 마치 술에 취한 사람이 부리는 만용과도 같았다. 그것은 아직도 그에게 존경심을 표명하는 마지막 남은 사람들을 이용하는 것이었다. 남부의 마음씨 좋은 흑인들. 그들은 자신들의 동료들이 도주하는 것을 보았고, 그들이 돌아오지 않는 것을 보았었다. 따라서 그들은 자신들의 자유에 대해 믿었다.

모렐의 계획은 흑인들의 전반적 봉기, 뉴올리언스의 함락과 약탈, 그리고 그 지역에 대한 점령이었다. 배반에 의해 퇴락하고, 거의 망가져 있던 모렐은 하나의 거대한 반란을 착상해 냈다. 범죄적인 것이 구원과 역사로까지 칭송받게 되는 그런 반란. 그는 이러한 목적을 가지고 자신의 영향력이 가장 심원한 나처스 시로 향했다. 그의 그 여행에 관한 기록을 옮겨보면,

나는 4일을 걸은 후에야 말 한 필을 구할 수 있었다. 다섯째 날, 나는 목을 좀 축이고, 약간의 휴식을 취하기 위해 한 개울가에 멈췄다. 한 사내가 위용이 당당한 검은 말을 타고 다가오는 것을 보았을 때 나는 내가 몇 시간 동안 걸어왔던 길을 바라보며 한 통나무 위에 앉아 있었다. 그가 시야에 들어서자 나는 그의 말을 빼앗기로 마음을 먹었다. 나는 일어섰고, 아름다운 리볼버 권총을 그에게 겨누었고, 말에서 내리도록 명령했다. 그는 나의 명령을 따랐고, 나는 왼손으로 고삐를 쥐었고, 그에게 개울을 가리켰고, 그리고 그에게 앞장서 걸으라고 명령했다. 그가 약 150미터를 걸은 뒤 걸음을 멈추었다. 나는 그에게 옷을 벗으라고 명령했다. 그가 내게 말했다. 「당신은 이미 나를 죽이려고 마음을 굳힌 것 같은데 죽

기 전에 기도를 할 수 있도록 해주시오」나는 그에게 기도를 올릴 시간이 없다고 대꾸했다. 그가 무릎을 꿇었고, 나는 그의 목덜미에 총알 한 방을 먹였다. 나는 칼로 그의 배를 갈랐고, 내장을 꺼냈고, 그리고 그를 개울에 쑤셔넣었다. 그런 다음 나는 그의 주머니를 뒤졌다. 주머니에서는 400달러 37센트와, 읽어볼 시간적 여유가 없었던 한 묶음의 서류가 나왔다. 그의 가죽 장화는 새것이었고, 반짝반짝 빛이 났고, 내 발에 잘 맞았다. 이미 상당히 닳아빠진 내 가죽 장화, 나는 그것들을 개울 속에 처박아 버렸다.

그렇게 해서 나는 나처스 시로 가기 위해 필요한 말을 구할 수 있었다.

중단

자신을 목매달기를 꿈꾸었던 흑인들의 폭동을 지휘했던 모렐, 자신이 지휘하기를 꿈꾸었던 흑인들의 군대들에 의해 교수형에 처해진 모렐 ── 미시시피에 관한 이 이야기가 이러한 화려한 기회들을 활용하지 못했다는 것을 고백하는 나는 고통스럽다. 모든 시적 정의(正義)(또는 시적 조화)와는 반대로 그의 무덤은 그의 범죄의 온상이었던 강 또한 아니었다. 1835년 1월 2일 라자루스 모렐은 실러스 버클리라는 이름으로 입원했던 나처스 시 병원에서 패혈증으로 사망했다. 일반 입원실에 같이 입원했던 동료 환자 하나가 그를 알아보았다. 2일과 4일, 몇몇 농장에서 노예들이 반란을 시도했지만 그들은 그다지 큰 출혈 없이 진압되었다.

황당무계한 사기꾼 톰 카스트로

그에게 이 이름을 붙인 이유는 그가 1850년경 칠레의 딸까우
아노, 산띠아고, 발빠라이소 시[1]의 사람들에게 이 이름으로 알
려져 있었기 때문이다. 그리고 그가 아메리카 대륙으로 다시 되
돌아온 이상 그렇게 부르는 게 옳다고 생각하기 때문이다 —— 비
록 단지 유령의 모습으로, 그리고 토요일의 소일거리[2]가 되어
돌아온 것이기는 하지만 말이다. 웹핑[3]의 출생국 주민등록부는
그를 1834년 7월 7일생 아더 오턴이라는 이름으로 등재하고 있
다. 우리는 그가 한 푸줏간집 주인의 아들이었고, 어린시절 런
던의 빈민가에서 무력한 가난을 경험했고, 바다에 대한 유혹을

---

1) Talcahunao, Santiago, Valparaíso : 칠레의 도시 이름들, 산띠아고는 칠레
   의 수도임.
2) 이 은유는 이러한 불한당들의 전기가 석간신문의 토요일 부록에 등장했다
   는 것을 독자에게 상기시키기 위해 내게 유용해 보인다. [원주]
3) Wapping : 영국의 지방 이름.

느꼈다는 것을 알고 있다. 그것은 기이한 일이 아니었다. 바다로 도망하는 것 run away to sea[4]은 아버지의 권위에 대한 전통적인 영국식 결별, 즉 영웅적 출발을 의미한다. 영국의 지리적 특수성뿐만 아니라 심지어 성경(시편 107)조차도 그것을 권장하고 있다. 〈배를 타고 바다로 간 사람들, 대양을 오가며 장사를 한 사람들, 그들은 깊은 바다에서 하느님이 만드신 작품들과 그것들의 경이로움을 보게 된다.〉 오턴은 자신이 살았던 검게 퇴색한 장밋빛 변두리로부터 도망쳤고, 배를 타고 바다로 나갔고, 늘 그랬던 것처럼 현실적인 이유 때문에 라 끄루스 델 수르[5]를 머릿속에 그렸고, 발빠라이소의 항구에 내동댕이쳐졌다. 그는 백치와도 같은 선량한 인상을 가진 사람이었다. 이치대로 따지자면 그는 굶어죽었을(죽었어야 했을) 것이었다. 그러나 이유없이 늘 쾌활한 성격, 그치지 않는 미소, 그리고 한없이 온순한 태도는 그가 성을 딴 카스트로라는 어떤 가족으로 하여금 호감을 느끼도록 만들었다. 그가 남아메리카에서 경험한 이러한 에피소드에 대해서는 그 어떤 기록도 남아 있지 않지만 그가 그들 가족에 대해 감사하는 마음을 결코 잊지 않았다는 것은 명백하다. 왜냐하면 1861년 오스트렐리아에서도 그는 항상 이 이름으로 행세를 했었기 때문이다. 톰 카스트로. 시드니에서 그는 보글이라고 하는 한 흑인 하인을 알게 되었다. 보글은 뛰어난 용모를 가지고 있지는 않았지만 차분하고 품위 있는 모습과, 나이가 들고 살이 붙어 위엄을 갖게 된 흑인들이 흔히 풍기는 공업

---

4) 여기서 영어 문장을 첨가한 것은 원문에 영어와 스페인어가 같이 씌어 있기 때문임. 보르헤스가 영어를 포함시킨 것은 이 문장이 가진 속담적인 성격을 강조하고자 하는 데에 연유함.
5) 칠레의 마가야네스 Magallanes 주에 있는 지역의 이름.

제품 같은 그런 견고함을 가지고 있었다. 게다가 그는 인종목록이 그의 종족에게 주기를 거부한 또 다른 조건을 하나 가지고 있었다. 천재적인 기발한 생각. 우리들은 곧 그것에 대한 증거를 보게 될 것이다. 그는 칼빈주의에 의해, 또는 그것의 지나친 남용에 의해 다듬어진 유서 깊은 아프리카적 기질을 소유하고 있는 아주 신중하고, 기품 있는 사내였다. 하느님이 그를 탐방하는 것을 제외하고(그것에 대해서는 나중에 묘사하게 될 것이다) 그는 완전히 정상적인 사람이었다. 또 다른 비정상적인 게한 가지 있다면 거리의 초입에서 동서남북 사방을 흘끔거리며 자꾸 걸음을 멈칫거리는 습관이었다. 그것은 나중에 그의 인생의 종지부를 찍도록 만드는 그 흉폭한 마차에 대한 오래되고 가시지 않는 예감의 공포로부터 비롯된 것이었다.

오턴은 어느 날 저녁 시드니의 폐허가 된 길의 한 모퉁이에서 그 상상의 죽음을 향한 운명의 길을 굳혀가고 있던 그를 만났다. 아주 오랫동안 오턴을 바라보던 보글이 팔을 내밀었고, 둘은 놀라움 속에서 정적으로 휩싸인 그 거리를 함께 걸었다. 이미 과거 속으로 사라져버린 그 저녁의 한 순간부터 두 사람 사이에 하나의 후견 관계가 뿌리를 내렸다. 어딘지 불안정해 보이지만 출중한 용모를 가진 그 흑인의 살이 띠룩띠룩 찐 웹핑 출신 얼간이에 대한 후견. 1865년 9월, 둘은 한 지방신문에서 애절한 사연을 담은 기사 하나를 읽었다.

우상이 되어버린 한 죽은 인간

ı854년 4월 말(그때 오턴은 칠레에서 카스트로 씨네 가족들이 그들의 거대한 정원만큼이나 따뜻하게 자신을 환대하도록 그들의 동정심을 자극하고 있었다) 리우데자네이루[6]를 출발해 리버풀[7]로 가고 있던 증기선 〈머메이드〉호가 난파되었다. 행방불명된 사람들 중에는 프랑스에서 자랐고, 영국의 대표적인 가톨릭 가문의 상속자였던 영국군인 로저 찰스 티치본이 끼여 있었다. 그는 파리식의 우아한 액센트를 가진 영어를 구사했고, 그가 가진 지성이나 기품, 그리고 프랑스적인 행동거지만으로도 모든 사람에게 질시감을 느끼도록 만드는 그런 젊은이였다. 황당무계하게 들릴지도 모르지만 그 프랑스화된 젊은이의 죽음은 그를 한 번도 본 적이 없는 오턴의 운명을 결정적으로 뒤바꾸어 놓았다. 절망에 빠진 로저의 어머니, 티치본 부인은 아들의 죽음을 믿기를 거부했고, 가장 발행부수가 많은 유력한 일간신문들에 애절한 광고문들을 게재하기 시작했다. 그 광고문들 중의 하나가 흑인 보글의 부드럽고 치명적인 손에 떨어졌고, 그는 기발한 착상을 품게 되었다.

불일치의 미덕들

티치본은 날카로운 인상, 아름답게 햇볕에 그은 얼굴, 검고

---

6) Rio de Janeiro : 브라질의 항구 도시 이름.
7) Liverpool : 영국에 있는 항구의 이름.

너풀너풀한 머리카락, 반짝이는 눈, 그리고 단어 발음이 정확한, 깐깐한 분위기를 풍기는 호리호리한 젊은 신사였다. 오턴은 튀어나온 배, 아리송한 분위기의 인상, 주근깨 투성이의 얼굴, 갈색 곱슬머리, 졸린 눈, 그리고 뜻없이 불필요한 말들을 지껄여대곤 하는 뚱뚱한 촌놈이었다. 보글의 착상은 그저 오턴이 당장 유럽행 증기선을 타고 가서 자신이 아들임을 밝혀 티치본 부인의 애절한 가슴을 녹여주는 것이었다. 그 계획은 황당무계할 정도로 순진무구했다.

쉬운 예를 하나 들어보자. 만일 1914년에 한 사기꾼이 독일의 황제인 것처럼 꾸미려고 했다면 제일 먼저 그가 위장했어야 할 것은 위로 치솟아오른 콧수염, 못쓰게 된 팔, 위압적인 이마, 회색 망토, 훈장이 주렁주렁 매달린 휘황찬란한 가슴, 그리고 높은 투구였을 것이다.

보글은 보다 심묘했다. 그러면 아마 수염이 없고, 군인다운 풍채나 영예로운 독수리 문장으로부터 거리가 멀고, 의심할 여지없이 오른쪽 팔이 전혀 성성한 독일 황제를 제시했을 것이었다. 여기서 우리는 구태여 은유를 동원할 필요가 없다. 그가 백치 같은 순박한 미소에, 갈색 머리, 그리고 결코 개선할 수 없을 정도로 프랑스어에 대해 무지한 얼간이 티치본을 제시했다는 게 확실하기 때문이다. 보글은 야심적인 로저 찰스 티치본을 똑같이 위장한다는 게 전혀 불가능한 일임을 알고 있었다. 그는 설사 위장을 해 비슷한 점들을 만들어낸다 할지라도 오히려 그것들은 단지 피할 길 없는 차이점을 강조하는 결과만을 낳게 될 뿐이라는 점 또한 알고 있었다. 그래서 그는 유사하게 만들려는 모든 노력을 포기했다. 그가 전혀 위장하려고 노력을 하지 않았

다는 것이 바로 사기행각을 벌이려는 게 아니라는 설득력이 있
는 증거이며, 그와 같은 방법 외에 상대를 설득할 수 있는 가장
간명한 방법은 없다고 생각했다. 시간의 전지전능한 협조 또한
잊지 말아야 할 사항이었다. 남반구에서 보낸 14년이라는 세월
은 충분히 한 사람의 모습을 바꿔놓을 수가 있다.

그와 함께 그에게는 믿는 구석이 또 한 가지 있었다. 티치본
부인이 그 얼토당토 않는 광고들을 계속 게재하고 있다는 것은
그녀가 맹목적으로 로저가 죽지 않았다고 믿고 있음을 확인해
주고 있었다. 그녀는 자의적으로 그가 죽었다는 것을 거부하고
있는 것이었다.

만남

항상 남의 말을 잘 따르는 카스트로는 티치본 부인에게 편지
를 썼다. 그는 자신의 정체를 확실히 믿도록 하기 위해 왼쪽 젖
꼭지에 있는 두 개의 반점과, 벌떼들의 공격을 받았던, 아주 참
혹했기 때문에 역시 결코 잊을 수 없는 어린시절의 그 사건을
확실한 증거로서 제시했다. 편지 내용은 간명했고, 톰 카스트로
나 보글처럼 철자법 같은 것에는 전혀 구애를 받지 않고 있었
다. 파리의 한 호텔에서 천근 같은 고독 속에 빠져 있던 그녀는
그 편지를 읽었다. 기쁨에 북받친 그녀는 울면서 그 편지를 읽
고 또 읽었다. 그리고 며칠 되지 않아 자신의 아들이 자신으로
하여금 기억하도록 요구한 그 기억들을 떠올렸다.

1867년 1월 16일 로저 찰스 티치본이 그 호텔에 모습을 드러

냈다. 그의 공손한 하인 에버니저 보글이 그를 수행했다. 햇볕으로 가득한 겨울날이었다. 그리움에 지친 티치본 부인의 눈은 눈물로 뒤덮여 있었다. 흑인이 창문을 활짝 열어젖혔다. 햇빛이 톰 카스트로의 얼굴에 가면을 씌워주었다. 어머니는 돌아온 탕자, 아들을 알아보았고, 그에게 두 팔을 벌렸다. 그녀는 이제 실제로 자신의 아들이 품안에 돌아왔기 때문에 아들의 일기와 그가 브라질에서 보냈던 편지들로부터 해방될 수 있었다. 죽음과도 같은 14년의 고독이 배양시켰던 소중한 영상들. 그녀는 그 편지들을 자랑스럽게 아들에게 돌려주었다. 단 한 장도 분실된 게 없었다.

보글은 회심의 미소를 지었다. 그는 이미 로저 찰스의 온순한 유령을 어떻게 서류상으로 살아 있는 현실의 인물로 확증시켜 놓아야 하는지 알고 있었다.

영화의 절정

어머니가 아들을 확인한 그 사건은 —— 마치 고전적 비극의 전통을 쫓는 듯한 —— 다음과 같은 세 가지 확실한 행복, 아니면 적어도 그러한 행복의 가능성을 보장해 주면서 얘기를 끝맺도록 했어야 한다. 진짜 어머니의 행복, 마음씨 착한 가짜 아들의 행복, 사기술의 우상으로 신격화된 음모가의 행복. 그러나 운명 (그것은 우리가 뒤엉킨 수많은 원인들의 중단 없는 영원한 작동에 대해 붙인 이름이다)은 그런 식으로 풀려나가지 않았다. 티치본 부인은 1870년에 사망했고, 친척들은 신분 도용의 죄목을

걸어 아더 오턴을 고소했다. 티치본 부인과는 달리 눈물과 고독
은 없었지만 욕심은 있었던 그들은 오스트레일리아에서 뜻밖에
부활한 비곗살이 디룩디룩하고, 거의 일자무식인 돌아온 탕자
아들을 결코 믿지 않았다. 오턴은 뇌물을 받기 위해 자신을 티
치본으로 생각하기로 마음먹은 수많은 채권자들의 증언에 의지
하고 있었다.

또한 친분을 나누고 있던 티치본 가문의 변호사인 에드워드
홉킨스와 골동품상 프란시스 J. 바이젠트 역시 도움을 주고 있
는 인물들이었다. 그러나 어쨌든 그것으로는 충분치가 않았다.
보글은 경기에서 승리하기 위해서는 일반 여론이 강력히 자신들
쪽으로 기울도록 만드는 게 절대절명의 관건이라 생각했다. 그
는 실크 모자에 값비싼 우산을 들고 영감을 얻기 위해 우아한
런던의 거리로 나갔다. 저녁나절이었다. 보글은 꿀과 같은 빛깔
의 달이 공동 우물의 사각형 물 위에 반사될 때까지 거리를 방
황했다. 신이 그를 찾아왔다. 보글은 마차를 불렀고, 골동품상
바이젠트의 아파트로 말을 몰도록 시켰다. 바이젠트가 《타임》지
에 그 가상의 티치본은 뻔뻔한 사기꾼이라는 것을 폭로하는 긴
편지를 보냈다. 그 편지에는 예수회 신부 고든의 서명이 들어
있었다. 다른 천주교도들의 고발이 그 뒤를 이었다. 그 효과는
즉각적이었다. 선량한 사람들은 로저 찰스 경이 예수회 회원들
의 사악한 흉계의 표적이 되었다는 것을 깨닫게 되었던 것이
다.[8]

---

8) 보글은 영국인들의 대부분이 가톨릭 교도가 아니기 때문에 일반인들의 반
가톨릭적 군중심리를 불러일으키기 위해 이러한 흉계를 꾸민 것이다.

마차

그렇게 190일이 지났다. 약 100여 명의 증인들이 피고가 티치본에 틀림없다는 서약을 했다. 그 중에는 티치본이 소속해 있던 제6용병 연대에서 함께 근무했던 네 명의 동료들까지 포함되어 있었다. 그의 지지자들은 만일 그가 사기꾼이라면 위장의 모델로서 티치본의 젊은 시절 초상화를 흉내내려고 했을 터인데 그렇지 않기 때문에 그는 사기꾼이 아니라고 되풀이해 말했다. 게다가 티치본 부인이 그를 알아보았고, 어머니가 실수하지 않으리라는 것은 명약관화한 일이 아니냐는 것이었다. 모든 것은 티치본의 옛 애인이 증언을 하기 위해 법정에 출두하기 전까지 순조롭게, 아니 대체로 순조롭게 진행되었다. 보글은 〈친척들〉의 그 불온한 책략에 당황해하지 않았다. 그는 중절모와 우산을 달라고 하고는 세번째 영감을 얻기 위해 런던의 우아한 거리로 나갔다. 우리로서는 그가 세번째 영감을 얻었는지 결코 알 수가 없다. 프림 로스 가에 도착하기 조금 전 세월의 저 깊은 곳 안에서 그를 쫓아다녔던 그 무시무시한 마차가 그에게 다가왔다. 보글은 그것이 오는 것을 보았고, 비명을 질렀다. 그러나 그는 그것으로부터 벗어날 수가 없었다. 그는 무자비하게 돌더미 위에 내동댕이쳐졌다. 그리고 여윈 말의 성난 발굽들이 그의 두개골을 박살내 버렸다.

유령

톰 카스트로는 티치본의 유령, 단지 보글의 천재성에 의해서만 살아갈 수 있는 가련한 영혼이었다. 보글이 죽었다는 소식을 들은 그는 지리멸렬해져 버렸다. 그는 계속 거짓말을 했다. 그러나 그것은 속이려는 의지가 담겨져 있지 않고, 그리고 이치에 닿지 않는 모순들로 뒤엉킨 거짓말일 뿐이었다.

1874년 2월 27일 아더 오턴(별명) 톰 카스트로는 14년의 강제 노역형에 처해졌다. 감옥에서도 그는 사람들의 사랑을 받게 되었다. 그게 그의 직업이었다. 그의 모범적인 수감 태도는 4년 감형의 값어치를 했다. 그 거처 —— 감옥으로서의 거처 —— 가 마침내 그에게 자유를 부여하자 그는 자신의 무지를 밝히고, 자신의 잘못을 밝히는 작은 강연을 하며 대영제국의 여러 마을들과 도시들을 순회했다. 그의 겸손함과 남을 기쁘게 해주려는 열정은 결코 식을 줄 몰랐다. 그는 그렇게 항상 청중들의 기호에 부응하면서 변호로 시작해 고백으로 끝나는 많은 밤을 보냈다.

그는 1898년 4월 2일 죽었다.

여해적 과부 칭

〈여자 해적〉이라는 단어는 왠지 모르게 불편한 기분이 들도록 만드는 어떤 기억을 떠올리게 만든다. 이미 낡은 장르로 퇴색해 버린 한 음악극 사르수엘라[1]가 그것이다. 이 극에 등장하는 하녀들의 춤동작은 거친 바다에서 춤추듯 뛰어다니는 해적들의 움직임으로부터 빌려온 게 틀림없다. 그럼에도 불구하고 여자 해적들은 존재했다. 그녀들은 항해술, 짐승 같은 선원들을 다루는 일, 그리고 항해하는 선박들의 추적 및 약탈에 뛰어난 능력을 보여주었다. 그러한 여자들 중에 메리 리드라는 이름을 가진 여해적이 있었다. 그녀는 한 차례, 해적질은 누구나가 할 수 있는 일이 아니고, 품위 있게 그것을 하기 위해서는 자신이 그러했던 것처럼 용기 있는 남자가 되어야 할 필요가 있다고 말했다. 아

---

1) zarzuela : 스페인 고유의 극 형식으로 음악과 대사로 이루어져 있고, 대체로 희극적인 주제를 가진 3막짜리 오페레타.

직 여두목이 아니었던, 어수룩했던 신참 시절 그녀의 애인들 중
의 하나가 한 싸움패와 싸우다가 상처를 입게 되었다. 메리는
그 싸움패에게 결투를 신청했고, 카리브해 제도의 오래된 전통
에 따라 양손을 이용한 결투 방식으로 그와 싸웠다. 왼손에는
묵직하고 초조에 떨고 있는 작은 총, 오른손에는 충성스러운
검. 총은 실패를 했지만, 칼은 마치 충직한 애인처럼 대활약을
했다. 1720년 그녀의 대담무쌍한 경력은 산띠아고 데 라 베가
(지금의 자메이카)의 스페인 교수대에서 종말을 고했다.

그처럼 용감했던 수많은 여해적들 중 또 다른 한 예는 앤 보
니였다. 그녀는 위로 치솟아오른 봉곳한 젖가슴과 격렬하게 풀
어헤쳐진 머리카락을 가진 화려한 용모의 아일랜드 여자였다.
그녀는 여러 차례 위험스러운 해상 접전에 직접 참여했다. 그녀
는 메리 리드가 이끄는 해적선단의 한 패거리였고, 또한 그녀의
교수대 동료이기도 했다. 그녀의 정부였던 존 랙컴 두목은 위험
한 일이 닥치면 몸을 요리조리 피하고 다니는 생쥐 같은 인물이
었다. 그런 그에 대해 경멸감을 느낀 앤은 아익사가 보압딜[2]에
게 했던 책망을 더욱 가혹하게 바꾸어 그를 꾸짖었다. 「만일 네
가 마치 남자처럼 싸웠더라면 그들이 너를 개처럼 목 졸라 죽이
지는 않았을 것이다」

보다 운이 좋았고, 명이 길었던 여해적은 황해에서부터 안남
성의 경계에 위치한 강에 이르기까지 아시아의 바다를 휘젓고
다녔던 한 여해적이었다. 나는 칭이라고 불리던 그 용감무쌍했

---

2) Boabdil : 현재 스페인 땅인 이베리아 반도를 점령하고 있던 마지막 아랍
왕조였던 그라나다의 마지막 왕. 1492년 그는 스페인에 항복했고, 1518년에
사망함.

던 과부에 관한 이야기를 하려고 한다.

수업 기간

1797년에 이르러 황해에서 활동하고 있던 수많은 해적선들의 두목들은 동맹을 결성했다. 그들은 공정하고, 세상 경험이 풍부한 칭이라는 사람을 총두목으로 선출했다. 그가 자행한 해안지방의 약탈 행위가 전례가 없을 정도로 잔혹했기 때문에 공포에 질린 백성들은 황제에게 눈물을 함께 담은 선물을 보내 도움을 요청했다. 황제는 그들의 애절한 탄원에 귀를 기울였다. 황제는 그들에게 마을을 불질러 버린 뒤 어업 같은 천한 일은 잊어버리고, 내륙으로 들어가 그들이 그때까지 알지 못했던 소위 농업이라는 기술을 배워 살아가라는 지시를 내렸다. 그들은 황제의 지시에 따랐다. 절망한 침략자들이 발견한 것이라고는 단지 텅 빈 해안뿐이었다. 따라서 해적들은 공격의 목표를 해안의 마을에서 선박으로 바꿀 수밖에 없게 되었다. 전자의 경우보다 훨씬 국가의 이익에 해가 되는 그러한 선박에 대한 약탈 행위는 제국의 상업을 심각하게 위협하게 되었다. 황실은 주저하지 않고 내륙으로 이주했던 사람들로 하여금 쟁기와 가축들을 버리고, 다시 노와 그물을 들라는 지시를 내렸다. 사람들은 그 옛날의 공포를 잊어버릴 수가 없었기 때문에 소동이 일어났다. 황실 당국은 다른 방도를 강구해 낼 수밖에 없었다. 총두목 칭을 황실 마구간의 책임자로 임명하는 것. 칭은 이 회유책을 받아들일 생각이었다. 해적들은 사전에 그 밀약을 간파했다. 해적들의 지조 높은 분노는 쌀과 함께 조리한 독든 냉이 요리에서 나타났다. 그 별미 요리는 치명적인 것이었다. 해적동맹의 전 총두목이었고, 이제 황실 축사의 수장인 그는 자신의 영혼을 바다의 신전에 바쳤다. 이중의 배신을 겪은 뒤 완전히 사람이 바뀌어버린 과부 칭은 해적들을 집결시켰다. 그녀는 그들에게 복잡하게 얽힌 내막을 소상히 폭로했다. 그녀는 그들에게 황제의 거짓 자비와, 독살을 밥 먹듯이 하는 해적들의 배은망덕한 행위에 대해 궐기하자고 외쳤다. 그녀는 자신을 배에 탈 수 있도록 해주고, 새로운 총두목을 선출하자고 제안했다. 새롭게 총두목으로 선출된 사람은 그녀였다. 그녀는 눈이 게슴츠레했고, 미소를 지으면 검은 충치가 드러나는 나무넝쿨 같은 모습의 여자였다. 머릿기름을 바른 그녀의 까만 머리카락은 눈보다 더한 광채를 냈다.

그녀의 은밀한 명령에 따라 해적선들은 위험으로 가득한 심해를 향해 돌진했다.

지휘

13년간에 걸친 치밀한 해적질이 계속되었다. 6개 선단이 각기 고유한 빛깔의 깃발 아래 대군단을 형성했다. 빨강, 노랑, 초록, 검정, 보라 빛깔, 그리고 지휘를 맡고 있는 선단이 달고 있는 뱀이 그려진 깃발. 두목들은 〈새〉, 〈돌〉, 〈아침 바다의 형벌〉, 〈선원들의 보배〉, 〈고기들이 많은 조류〉, 그리고 〈높은 태양〉 등의 별명으로 불렸다. 과부 칭이 손수 마련한 법령은 가혹하도록 엄격했다. 그 법령이 가진 공정하면서도 간결한 문체는 우스꽝스러운 위엄을 내보이는 중국 공문서의 문서체와는 달리 시든 수사학적 장식들이 전혀 배제되어 있었다. 그 중 몇 개의 흥흉한 예를 들어보기로 하자. 다음이 그 법령의 몇 개 조항을 그대로 옮겨놓은 것이다.

적의 배에서 약탈한 모든 재물들은 일차로 보관 단계를 거치게 된다. 거기서 목록이 작성된다. 각 해적에 의해 반입된 재물의 5분의 1은 나중에 본인에게 반환될 것이다. 나머지는 보관될 것이다. 이 명령을 어긴 자는 죽음에 처한다.

특별한 허락 없이 자신의 위치를 떠난 해적에 대한 벌칙은 사람들이 보는 앞에서 귀에 구멍을 뚫는 것이다. 재차 같은 죄를 범할 때는 죽음에 처한다.

갑판 위에서, 마을로부터 탈취한 여자들과의 성행위는 금지되며, 창고로만 한정하되, 꼭 창고 주임의 허락을 요한다. 이 명령을 어긴 자는 죽음에 처한다.

그들의 포로로 잡혔다가 풀려난 사람들이 제공한 정보에 따르면 해적들의 주식은 주로 과자, 먹이를 주어 기른 살찐 쥐, 조리한 쌀이었다. 그리고 해전이 벌어지는 동안에는 그들이 화약과 술에 취해 살았다는 것을 확인해 주고 있다. 해전이 없는 날 그들은 화투와 주사위, 술과 〈판탄〉놀이,[3] 환상적인 곰방대에

3) 番攤 : 중국 도박의 일종으로 각면에 1, 2, 3, 4가 적힌 사각형이 그려진 탁자에서 한다. 이 도박의 방식은 물주가 한움큼의 콩 따위의 곡식을 집은 다음 그것을 쇠주발로 덮고, 도박자들은 곡식을 한 번에 네 개씩 덜어내 마지막으로 남은 4 이하의 숫자가 무엇인지 예상하여 사각형에 씌어진 숫자에 돈을 건다.

넣고 피우는 아편과 화톳불로 시간을 보냈다. 양손에 들고 사용하는 쌍칼이 그들의 주된 무기였다. 배에 오르기 전 그들은 광대뼈와 몸에 마늘즙을 발랐다. 그들에게 있어 그것은 불길이 덮치는 것을 막아주는 확실한 부적 같은 것이었다.

　해적들은 자신의 아낙과 함께 항해를 했다. 그러나 두목은 다섯에서 여섯에 달하는 첩들 또한 데리고 있었고, 해전에서 승리하면 그들의 얼굴이 바뀌곤 했다.

젊은 황제 키아-킹의 교시

　1809년 중엽 황제가 포고령을 내렸다. 다음이 그것의 첫부분과 끝부분이다. 많은 사람들이 이 포고령의 문체에 대해 비판을 가했었다.

　못되고 해악한 사람들, 음식을 짓뭉개는 사람들, 세금 징수원과 고아들의 외침을 외면하는 사람들, 몸에 불사조와 용의 문신을 가지고 있는 사람들, 인쇄된 책들이 가진 진실을 부정하는 사람들, 북쪽을 바라보며 눈물을 흘리는 사람들은[4] 우리 황국의 강들이 가져다 주는 행운과 오랫동안 우리 황국의 바다가 우리에게 베푼 은혜를 위협하는 자들이다. 썩고, 황폐한 배들은 밤낮으로 풍랑을 맞게 된다. 그런 배들의 목적은 흉악하다. 그들은 항해자들의 진정한 친구가 아니었으며 지금 드

---

4) 청나라에 대항하여 멸망한 명나라를 재건하려고 도모하는 사람들을 가리키는 말이다.

한 아니다. 그들은 항해자들에게 도움을 주기는커녕 거친 힘으로 그들을 공격하고, 그들을 폐허로, 불구로, 죽음으로 초대한다. 이렇듯 강이 범람하고, 해안이 침수되고, 아들이 아버지에게 등을 돌리고, 우기와 건기의 원리들이 바뀌도록 만들면서 세상의 자연적 질서를 해치고 있다.

　……따라서 크보-랑 수군대장 당신에게 징벌을 명하오. 자비는 황실의 징표이나, 갑작스럽게 그것을 강조하는 것은 허위에 불과하다는 점을 명심하도록 하시오. 잔인하도록 하시오, 공정하도록 하시오, 짐의 뜻을 거역하지 말도록 하시오, 그렇게 해서 승리의 주인이 되도록 하시오.

예상치 않았던 썩은 배들에 대한 상징은 사실과 달랐다. 그렇게 말한 것은 순전히 크보-랑의 원정에 용기를 북돋아주기 위해서였다. 90일 후 과부 칭 휘하의 해적들은 황실의 군대와 맞닥뜨렸다. 거의 천여 척의 배들이 밤낮으로 접전을 벌였다. 나팔소리, 북소리, 대포소리, 징소리, 점쟁이들의 승패에 관한 예언이 전쟁터를 난무했다. 황실의 군대는 격파되었다. 따라서 그들은 황제가 금지시킨 용서나, 황제로부터 권고된 잔혹함을 행사할 기회를 갖지 못했다. 크보-랑은 패배한 장군들이 생략해 주었으면 하고 바라는 그런 의식을 목격할 수밖에 없었다. 자결.

공포에 질린 마을들

그리하여 승리를 거둔 위대한 과부 칭 휘하의 4만 해적들은

600여 척의 전함들을 거느린 채 배의 좌현과 우현에서 화재와 무시무시한 축제와 고아들을 늘려가면서 시-키앙의 하구를 덮쳤다. 완전히 폐허가 되어버린 마을도 있었다. 어떤 마을에서는 그들의 포로가 된 숫자만도 천 명이 넘었다. 한 어린아이가 견디지 못하고 터뜨린 울음소리 때문에 근처의 갈대밭과 논이랑 속에서 가슴을 졸이며 숨어 있던 120명의 여자들이 발각됐다. 그녀들은 나중에 모두 마카오로 팔려갔다. 비록 거리는 멀었지만 이러한 노략질에 따른 애절한 눈물과 곡소리는 천자인 키아-킹의 귀에 들어갔다. 일군의 역사가들은 그것이 정벌원정의 실패 때보다 그의 가슴을 덜 아프게 했다고 주장한다. 확실한 것은 황제가 형편없는 깃발들과, 수군들과, 병사들과, 병장기들과, 군량과, 무당과 점쟁이들로 구성된 제2의 원정군을 조직했다는 것이다. 이번에는 총지휘권이 팅-크베이에 떨어졌다. 이 악몽 같은 선단들은 시-키앙의 삼각주를 덮쳤고, 해적 선단의 출로를 막았다. 과부는 전쟁 준비 태세를 갖췄다. 그녀는 이 전쟁이 어려운, 매우 어려운, 아니 거의 절망적이라는 것을 알고 있었다. 여러 달 밤에 걸친 약탈과 나태함으로 부하들의 기강은 해이해져 있었다. 그러나 전투는 결코 개시되지 않았다. 태양은 서두르지 않고 흔들거리는 갈대밭 위에 떴다가 지곤 했다. 사람들과 병장기들은 잠을 자지 못하고 밤을 새우곤 했다. 그러나 정오는 밤보다 강대했다. 사람들과 병장기들은 끝없는 낮잠에 빠져들었다.

용과 여우

그런데 매일 황혼이 되면 황국선단의 배들로부터 하늘 높이 하늘거리며 떠오른 경쾌한 용들이 고요히 물이나 적선의 갑판 위에 내려앉곤 했다. 그것들은 연의 원리를 본떠 종이와 대로 만든 일종의 기구였다. 그것들의 겉색깔은 항상 은색과 붉은색이었다. 과부는 알 수 없는 불안감 속에서 이 규칙적인 유성들을 관찰했다. 그러던 중 그녀는 여우가 계속해서 배은망덕한 행위를 하고 끝없이 나쁜 짓만 하고 돌아다녔음에도 불구하고 항상 여우를 보호했던 용에 대한 재미없고 아리숭한 전설을 떠올리게 되었다. 달이 가늘어지기 시작했고, 종이와 대로 만든 그 형상들은 매일 저녁 사소한 차이는 있지만 그 똑같은 이야기를 싣고 날아왔다. 과부는 수심에 빠졌고, 고민에 잠겼다. 달이 하늘과 불그레한 물 속에서 보름달이 되었을 때 용의 이야기는 자신의 목적지에 가 닿은 것 같았다. 아무도 여우에게 끝없는 용서가 내려질지 아니면 끝없는 형벌이 내려질지는 예측할 수 없었다. 그러나 어쩔 수 없이 결단을 내려야 할 순간은 다가오고 있었다. 과부는 마음의 결정을 내렸다. 그녀는 자신의 쌍칼을 강에 던져버렸고, 한 거룻배에 무릎을 꿇고 앉았다. 그리고 자신을 황실 수군대장의 배로 데려가도록 명령했다.

그때는 저녁이었다. 하늘은, 이번에는 노란 용들로 가득 차 있었다. 배에 오르던 과부가 한마디 중얼거렸다.

「여우가 용의 날개를 찾노라」

숭배

역사가들은 여우가 사면을 받았고, 만년을 아편밀수에 전념하며 보냈다고 적고 있다. 또한 그녀는 과부의 신분을 벗어버렸다. 그녀는 스페인어로 번역하면 〈진정한 가르침의 빛〉이라는 뜻의 이름을 가진 사람을 남편으로 받아들였다.

그날부터 (한 역사가가 기록하기를) 뱃길은 평화를 회복했다. 사해(四海)와 셀 수 없이 많은 강들은 안전하고, 행복한 뱃길이 되었다.

농사꾼들은 병장기들을 팔아 논밭을 쟁기질하기 위한 소를 살 수 있었다. 그들은 제사를 지냈고, 산의 꼭대기에서 축수를 드렸다. 그리고 낮 동안에는 병풍 뒤에서 노래를 부르며 즐거워했다.

부정한 상인 몽크 이스트맨

아메리카 대륙의 사람들

높고 푸른 하늘을 배경으로 한 무대 위에서 검은 정장을 입은 두 사내가 춤을 추고 있다. 그들은 여자 구두를 신었고, 손에는 칼이 들려 있다. 음악을 동반하지 않은 그들의 엄숙한 춤은 한 사내의 몸에 칼이 박히자 귀에서 카네이션 한 송이가 튀어나오고, 수평으로 죽어 넘어지면서 끝이 난다. 다른 한 사람은 은퇴한 뒤 참베르고 모자[1] 차림으로 그토록 신사다웠던 그 결투에 대한 이야기로 자신의 노년을 신비롭게 장식한다. 이것이 우리들이 다루고자 하는 악당에 관한 이야기의 전모이다. 뉴욕의 갱들이 영위했던 삶은 더욱 현란하고, 더욱 추잡하다.

---

[1] 모자의 일종.

다른 세계의 사람들

　(1928년 허버트 애쉬뷰리[2]가 400페이지의 우아한 8절판 책에서 폭로한) 뉴욕 갱들에 관한 이야기는 그 야만 세계의 탄생에 얽힌 혼돈과 잔인성, 그리고 그것이 태동하기까지의 거대한 용트림에 관한 많은 일화들을 담고 있다. 가난한 흑인들이 들락거리던 지하 맥주집, 삼층짜리 빌딩의 곱사등 같은 뉴욕, 미로 같은 하수구를 배회하는 〈하수구의 천사들〉과 같은 범죄자 무리, 열 살이나 열한 살 먹은 조숙한 살인자들을 끌어모으는 〈새벽의 소년들〉과 같은 범죄단, 빳빳한 실크 모자에, 교외로부터 부는 바람에 긴 셔츠 자락을 휘날리며 평범한 이웃인 양 거짓 미소를 지으려고 애쓰지만 오른손에는 몽둥이를 들고 품 속에는 총을 숨긴 〈잔혹한 총잡이들〉과 같은 고독하고 무자비한 거인들, 막대기에 꽂은 죽은 토끼를 신호로 전쟁에 들어가는 〈죽은 토끼들〉패와 같은 범법자 무리들, 기름 바른 곱슬머리와 원숭이 머리 모양의 손잡이를 가진 지팡이와 적의 눈을 뽑아버리기 위해 항상 엄지손가락에 끼고 다녔던 구리로 만든 기구로 유명한 쟈니 돌런 엘 댄디와 같은 사람들, 한입에 살아 있는 쥐의 머리를 물어뜯어 버릴 수 있는 키트 번스와 같은 사람들, 초점이 없는 거대한 눈을 가진 금발머리 소년으로 으스대며 거느리고 다니던 세 창녀의 기둥서방 장님 대니 라이언스와 같은 사람들, 크리스마스 이브 때 돈을 벌어 자선기관에 후원금을 기부하는 뉴 잉글랜드의 여섯 자매들이 경영하던 것과 같은 수없는 홍등가들, 딞

---

　2) 허버트 에쉬뷰리가 1928년에 출간한 책은 『뉴욕의 갱들』이라는 책으로 누욕에서 발간되었다.

주린 쥐들과 개들의 도박싸움장, 중국식 도박장, 〈들쥐들〉 패거리를 통솔했고 모든 남자들로부터 사랑과 찬사를 받았고 계속해서 과부가 되었던 레드 노라와 같은 여자들, 대니 라이온스가 처형을 당하자 상복을 입고, 죽은 장님 남자에 대한 옛사랑을 두고 격론을 벌렸던 젠틀 메기에 의해 목 잘려 죽은 리지 더 도브와 같은 여자들, 1863년 백여 동의 건물에 불을 지르고 잠시 동안 도시를 점령했던, 그 야만적인 한 주 동안 일어났던 것과 같은 폭동들, 숨이 끊어질 때까지 짓밟기 때문에 사람이 마치 바다에서 사라진 것처럼 사라져버리는 거리에서의 혈투들, 요스키 니거와 같은 말 도둑과 말 독살자들. 바로 이들이 뉴욕 갱에 관한 이야기의 전말을 구성하게 된다. 그들 중에서 가장 악명 높았던 갱은 천이백 명의 부하들을 거느렸던 일명 윌리암 델라니, 일명 조셉 마빈, 일명 조셉 모리스, 또 다른 일명 몽크 이스트맨으로 불렸던 에드워드 델라니였다.

영웅

이러한 수많은 가짜 이름들 속에는 (마치 누가 누구인지 알 수 없는 가면놀이에서처럼 고통스럽게도) 그의 진정한 이름이 누락되어 있다. 따라서 우리는 그런 존재가 정말 세상에 존재했었는지조차 감히 의심을 하게 된다. 확실한 것은 브룩클린 시 윌리암스버그 주민등록국에 신고된 그의 이름이 나중에 이스트맨 Eastman이라고 미국식으로 바꾼 에드워드 오스터만 Edward Ostermann[3]이라는 사실이었다. 기이하게도 이 무시무시한 악당

은 유태인이었다. 그는 구레나룻을 기른 랍비들이 똑바로 목을
쳐서 피를 빼고, 세 번 씻은 송아지 고기를 먹을 수 있는, 즉
코셔[4]를 공개적으로 파는 식당 주인의 아들이었다. 1892년, 열
아홉 살이 된 그는 아버지의 도움을 받아 새 가게를 열었다. 동
물들의 생활에 호기심을 갖고, 그것들의 자질구레한 생태와 불
가해한 순박함을 사색하는 습관은 죽을 때까지 그의 곁을 떠나
지 않았다. 그가 두번째로 위장 동물 가게를 연 것은 그의 사업
이 번창일로를 달리고 있을 때였다. 당시 그는 고급 시가로 통
했던 테머니산의 얼룩덜룩한 샤셈스 따위는 눈에 거들떠보지도
않고, 마치 사륜마차의 새끼 같은 최초의 자동차를 타고 가장
값비싼 창녀집들을 순회하던 때였다. 그는 그 가게에 혈통이 좋
은 백 마리의 고양이와 사백 마리가 넘는 비둘기들을 들여놓았
다. 그러나 그것들은 팔려고 들여놓은 것이 아니었다. 단지 거
인적으로 그 동물들을 좋아했기 때문이었다. 그는 자신의 팔이
행복하게 안겨 있는 고양이 한 마리와, 의기양양하게 자신의 뒤
를 따르는 다른 고양이들을 거느린 채 동네를 거닐곤 했다.

　그는 황폐한 유적지나 기념탑 같은 사람이었다. 그의 목은 마
치 황소의 목처럼 짧았고, 가슴은 마치 난공불락의 요새처럼 단
단했다. 그는 길고 싸움을 고대하는 듯한 팔과 부러진 코를 가
지고 있었다. 비록 몸에 난 상처에 비할 바는 아니었지만 얼굴
또한 상처 투성이로 얽어 있었다. 그리고 그는 마치 옛 기사나
선원들처럼 안짱다리의 소유자였다. 그는 셔츠나 양복을 입지

---

3) 독어의 Ostermann(동쪽사람)에 해당하는 영어가 Eastman이기 때문에 그
　렇게 바꾼 것임.
4) Kosher : 유태인들의 법에 따른 정결한 음식을 뜻함.

않고 외출을 할 수는 있었지만 항상 거대한 머리통 위에 얹고 다니는 꽁지 없는 종달새 없이는 그렇게 할 수가 없었다. 사람들은 자신들의 추억을 소중히 한다. 외형적인 측면에서 볼 때 영화에 등장하는 요즘의 총잡이들은 남자인지 여자인지 구분이 안 될 정도로 야들야들한 알 카포네가 아닌 바로 몽크 이스트맨의 모방이다. 헐리우드가 윌하임이라는 배우를 캐스팅한 것은 그의 모습이 애수 어린 몽크 이스트맨의 생김새를 닮았기 때문이라고 한다……. 그는 마치 황소가 등에 비엔떼베오 새[5]를 싣고 거닐 듯 어깨에 푸른 깃털의 비둘기를 얹은 채 자신의 범죄 왕국을 순시하러 나가곤 했다.

1894년에 이르러 뉴욕 시에는 댄스클럽이 사방에 널려 있었다. 이스트맨은 그 중 하나의 영업부장 자리를 맡게 되었다. 그가 그 직책을 맡게 된 계기에 대한 신화적 일화가 전해 내려오고 있다. 원래 클럽의 주인은 그에게 그 일자리를 주려고 하지 않았다. 그러자 그는 그 일자리를 맡고 있던 두 명의 거구들을 뇌성 같은 고함소리와 함께 단숨에 거꾸러뜨려 버렸다고 한다. 그는 그 일을 1899년까지 사람들의 간담을 서늘하게 하며 홀로 수행했다.

그는 주먹쟁이 하나를 때려눕힐 때마다 자신의 잔혹한 지팡이에 칼로 표식을 했다. 어느 날 밤, 그는 맥주컵 위에 고개를 떨구고 있는 한 번쩍거리는 대머리를 보았고, 망치로 때려 그를 실신시켜 버렸다. 그런 다음 그가 소리쳤다.

「오십에 딱 하나가 모자라서 말이야!」

---

5) 벤떼베오 benteveo, 또는 비엔떼베오 bienteveo라 불리는, 아르헨티나의 산지에서 서식하는 작은 새.

지휘

1899년에 이르러 몽크 이스트맨에게는 단지 드높은 명성뿐만 아니라 또 다른 반대급부가 뒤따르고 있었다. 그는 중요한 구역의 두목으로 올라서 있었고, 홍등가, 도박장, 그리고 자신의 추악한 영지에서 활동하는 거리의 창녀들과 도둑들로부터 높은 율의 세금을 거둬들이고 있었다. 상부위원회는 그에게 청부폭력 사업을 조직하도록 권고했다. 그의 가격표는 다음과 같다. 귀 하나를 잘라주는 데 15불, 다리 하나를 부러뜨려 주는 데 19불, 칼로 한 번 찔러주는 데 25불, 모두 합쳐서는 100불. 이따금 이스트맨은 손이 무뎌지지 않도록 하기 위해 부하들을 시키지 않고 자신이 직접 나서기도 했다.

그는 구역의 경계선에 관한 문제(국제적인 이해관계 때문이 뒷전에 밀려버리는 지엽적인 문제들처럼 미묘하고 언짢은) 때문에 다른 조직의 유명한 두목인 폴 켈리와 충돌을 일으키곤 했다. 그 당시 범죄 조직들 간의 구역 경계는 양자간의 총격전과 난투에 의해 결정되곤 했었다. 어느 날 새벽 이스트맨은 그 경계를 범접했고, 다섯 명의 사내가 그를 덮쳤다. 그는 마치 원숭이의 팔 같은 날렵한 팔과 몽둥이로 세 명을 바닥에 나뒹굴게 만들었다. 그러나 두 발의 탄환이 그의 복부에 박혔고, 그는 거의 죽음 일보직전까지 갔다. 이스트맨은 쏟아지는 피로 뜨거운 상처 부위를 엄지와 검지로 짓누른 채 비틀비틀 병원을 향해 걸어갔다. 그를 놓고 삶, 고열, 그리고 죽음이 여러 주일 동안 격론을 벌렸다. 그럼에도 불구하고 그는 그 어느 누구의 이름도 불지 않았다. 그가 퇴원을 하자 전쟁은 하나의 기정사실이 되어

버렸다. 전쟁은 끝없는 총격전 속에서 1903년 8월 19일까지 격렬하게 계속되었다.

리빙턴에서의 전쟁

비망록 속에서 차츰 자취를 감추게 될 사진들 속에 희미하게 모습을 드러내고 있는 수백의 영웅들. 담배와 술로 찌들린 수백의 영웅들, 울긋불긋한 허리띠를 차고 머리에 밀짚모자를 쓴 수백 명의 영웅들. 누가 덜하고 더하다 말할 수 없을 정도로 충치나 호흡기 질환, 그리고 신장염 같은 부끄러운 질병을 가진 수백의 영웅들. 정말로 형편 없거나, 또는 트로이나 후닌[6] 전투에서의 영웅들처럼 빛나는 수백의 영웅들이 이 어두운 무력 충돌의 결말을 고가철도의 아치들이 드리우는 그림자에게 위탁했다. 싸움의 발단은 켈리의 총잡이들이 몽크 이스트맨의 친구인 한 도박장 주인에게 세금을 요구한 데서 비롯되었다. 그 총잡이들 중의 하나가 살해됐고, 뒤이어 양자간의 전쟁은 셀 수 없이 많은 총격전으로 확대되었다. 아래턱을 말끔히 면도한 사람들이 높은 기둥들을 방패막 삼아 침묵 속에서 총을 발사했다. 그곳은 손에 콜트 총을 쥔 초조한 총잡이들이 곳곳에 들어서 있어 공포에 떨고 있는 렌트카들의 적재장 한가운데였다. 그 전쟁의 주인공들은 무엇을 느꼈을까? 첫째 (내 생각에) 수많은 리볼버들의 공허한 소음이 곧 자신들을 전멸시켜 버릴 거라는 참담한 인식

---

6) Junín : 페루에 있는 호수의 이름. 이 호수는 라틴아메리카의 독립 영웅인 볼리바르가 1824년 왕당파 realista 군대를 물리친 곳으로 유명함.

이었으리라. 둘째 (내 생각에) 첫번째 발사에 상대가 쓰러지지
않으면 그가 불사신일지도 모른다는 매우 그럴 듯한 착각이 들
었으리라는 것이다. 어찌됐든 확실한 것은 그들이 쇳덩이와 탑
에 의지해 서로 격렬하게 싸웠다는 사실이다. 경찰이 두 차례
개입을 했다. 그러나 양 진영은 두 차례 모두 그들을 쫓아버렸
다. 여명의 첫 기운이 찾아들 무렵 마치 외설이거나 환영에 불
과했다는 듯 전투는 멈췄다. 철제 아치 아래에는 여섯 명의 증
상자와 4구의 시체, 그리고 죽은 비둘기 한 마리가 나뒹굴고 있
었다.

삐거덕거리는 소리

　몽크 이스트맨이 모시고 있는 지역의 정치인들은 공개석상에
서 늘 그런 범죄 조직은 존재하지 않는다고 시치미를 떼거나 그
것은 단지 유흥업소에 불과하다고 말하곤 했었다. 리빙턴에서의
경솔한 전쟁은 그들을 긴장시켰다. 그들은 휴전의 필요성을 인
지시키기 위해 두 우두머리를 호출했다. 켈리(정치인들이란 게
총보다 더 유능하다는 것을 잘 알고 있는 사람)는 즉각 그들의
지시에 따르겠다고 말했다. 이스트맨(거구의 잔인한 풍채를 가
진)은 더 많은 보장과 더 많은 충돌을 바랐다. 그는 화해에 더
한 거절의 의사를 표명하기 시작했고, 정치가들은 그를 구속하
겠다는 협박을 가할 수밖에 없었다. 마침내 그 유명한 두 악당
은 한 술집에서 각기 입에는 여송연, 오른손에는 리볼버, 그리
고 구름처럼 자신의 주변을 둘러싼 총잡이들의 경호 아래 회담

을 열었다. 그들은 매우 미국적인 하나의 결론에 도달했다. 권투 경기를 통해 승자를 가리자는 것. 켈리는 매우 재능 있는 권투 선수였다. 결투는 한 창고에서 벌어졌고, 희극적이었다. 비스듬히 모자를 꼬나쓴 동료들과 우아하게 머리를 빗은 가냘픈 여자들이 끼인 140명의 관람객들이 그 싸움을 지켜보았다. 경기는 2시간 동안 계속되었고, 서로 완전히 녹초가 돼서야 끝이 났다. 그러나 같은 주에 다시 총격전이 발발했다. 몽크는 이전에 너무 여러 차례 구속되었었기 때문에 몇번째인지는 알 수 없지만 다시 구속되었다. 그의 후견인들은 안도의 한숨과 함께 그로부터 등을 돌려버렸다. 재판관은 공정한 판단에 의거해 그에게 10년의 징역을 언도했다.

독일과 싸운 이스트맨

여전히 자신이 왜 그렇게 되었는지 얼떨떨해 있던 몽크가 싱싱 감옥[7]에서 나왔을 때 그의 휘하에 있던 1,200여 명의 패거리들은 뿔뿔히 흩어져 버리고 없었다. 그는 어떻게 다시 그들을 모아야 할지를 몰랐기 때문에 단독으로 활동을 재개하는 것으로 만족할 수밖에 없었다. 1917년 9월 8일 그는 공공도로 상에서 소란을 일으켰다. 다음날 9일 그는 처벌을 피하기 위해 또 다른 소란 속에 참여하기로 결심했고, 보병 부대에 지원했다.[8]

---

7) Sing Sing : 뉴욕에 있는 감옥의 이름.
8) 여기서의 또 다른 소동이란 제1차 세계대전을 가리킴. 1917년 5월 미 하원에서 참전 법안이 통과되었고, 6월부터 지원자를 모집했음.

우리는 그가 전장에서 어떤 행적을 보였는지에 대한 정보를 가지고 있다. 우리는 그가 열렬히 포로들의 억류에 반대했고, 한 차례 (단지 소총의 개머리판을 가지고) 이 비통한 관례에 항의했다는 것을 알고 있다. 우리는 그가 다시 참호로 돌아가기 위해 병원으로부터의 탈출에 성공했다는 것을 알고 있다. 우리는 그가 몽포꼰[9] 근처의 전투에서 뛰어난 전과를 세웠다는 것을 알고 있다. 우리는 그가 보웨리[10] 거리에서의 전쟁이 유럽에서의 전투보다 더 야만적이라는 의견을 밝혔다는 것에 대해서도 알고 있다.

신비스럽고 당연해 보이는 종말

1920년 12월 25일, 몽크 이스트맨의 시체가 뉴욕 시의 한 중심가에서 새벽을 맞았다. 그는 다섯 발의 총탄을 맞고 죽어 있었다. 죽음에 대해 무지하고 무심한, 평범한 고양이 한 마리가 어리둥절한 표정으로 그의 주변을 맴돌고 있었다.

---

9) Montfaucon : 프랑스의 지역 이름.
10) Bowery : 뉴욕 시의 한 구역 이름으로 싸구려 술집과 떠돌이들이 득실거리는 곳으로 유명함.

냉혹한 살인자 빌 해리건

아리조나[1] 하면 제일 먼저 떠오르는 이미지는 그곳의 지형이다. 아리조나 또는 뉴멕시코 주[2]가 가진 지형의 이미지 말이다. 그곳은 금과 은을 바탕으로 명성을 굳힌 지역이다. 그곳은 눈을 팽팽 돌게 만드는 환상적인 땅, 장려한 고원과 섬세한 빛깔들의 땅, 그리고 새들이 살을 뜯어먹고 버린 해골들의 흰 빛이 반짝거리는 땅이다. 이 땅에는 또 다른 이미지, 빌리 더 키드의 이미지가 있다. 잔등에 꼭 달라붙어 말을 달리던 사나이, 사막으로 하여금 기겁을 하도록 만들던 냉혹한 젊은 총잡이, 마치 보이지 않는 탄환으로 쏘듯 멀리 떨어져 있는 목표물을 사살하던 마술적인 권총 사수.

금속에 나 있는 줄무늬처럼 메마르고, 반짝거리는 사막. 지상

---

1) Arizona : 미국 서부의 주 이름.
2) New Mexico : 텍사스와 아리조나 사이에 있는 주의 이름.

의 법정에 21명의 죽음에 대한 죄과를 남기고 —— 멕시코인들은
빼고[3] —— 죽었을 때 그는 21세의 아직 애띤 소년이었다.

유충의 단계

1859년 나중에 빌리 더 키드로서 공포와 영광의 대명사가 될
사내가 뉴욕의 한 지하 골방에서 태어났다. 한 아일랜드 여인이
난산 끝에 낳은 것으로 알려져 있으나, 그는 흑인들 틈에서 자
랐다. 흑인들이 가진 악취와 곱슬머리의 아수라장 속에서 그는
주근깨와 가르마를 탄 빨간 머리 덕분에 특별한 대우를 받을 수
있었다. 그는 늘 자신이 백인이라는 점을 으스대고 다녔다. 말
라깽이였던 그는 망나니에다 불량 소년이었다. 12세 때 그는 지
하 하수구 속에서 암약하는 신성한 무리, 〈하수구의 천사들〉[4]
패거리에 들어가 단련을 받았다. 그을린 안개의 냄새가 나는 밤
이 되면 그들은 악취가 진동하는 미로로부터 모습을 드러냈다.
그들은 독일 선원의 뒤를 쫓아가 그의 머리통을 박살내 쓰러드
린 뒤 내복까지 홀랑 벗겨내곤 했다. 그런 다음 그들은 또 다른
쓰레기[5]를 찾아 암약을 시작하곤 했다. 그들의 우두머리는 말을

3) 원래 아리조나, 캘리포니아, 뉴멕시코 등은 멕시코 땅이었으나 미국-멕시
코 전쟁에 승리한 미국이 1848년 강제로 매매토록 해 미국의 영토에 편입시
켰다. 전쟁이 끝나 미국의 영토가 된 후에도 이곳에는 많은 멕시코인들이
거주하고 있었다. 여기서 맥시코인들은 세지 않는다는 뜻은 미국인들이 멕
시코인에 대해 가진 인종 차별적인 성격을 풍자하면서 빌리 더 키드가 더
많은 사람들을 죽였다는 것을 암시하고자 함이다.
4) 그 당시 뉴욕의 빈민가에서 암약하던 범죄 집단. 앞의 작품 「몽크 이스트
맨」에도 이 조직에 대한 언급이 나옴.

독살하는 범죄로 악명 높은 백발이 성성한 한 흑인 노인이었다.

이따금 한 여자가 강 근처에 있는 곱사등 같은 집의 다락방 창문에서 지나가는 사람의 머리 위에 잿더미를 쏟곤 했다. 순식간에 당한 일이라 행인은 숨이 막혀 어쩔 바를 몰라하곤 했다. 그 순간 〈하수도의 천사들〉이 벌떼들처럼 달겨들어 그를 지하굴 안으로 끌고 갔고, 그리고 가진 것을 홀라당 털어버렸다.

그것들이 바로 미래의 빌리 더 키드인 빌 해리건이 도제 시절에 배운 수업들이었다. 그는 연극 무대 위에서 행해지는 허황된 환상들에 대해 코방귀를 뀌지 않았다. 그는 카우보이들을 다룬 멜로드라마를 보러 극장에 가기를 좋아했다(물론 그는 그것이 자신의 운명의 상징이며 징표라는 것을 전혀 짐작조차 하지 못했을 것이리라).

서부로 가자!

당시 사람들로 득실거리는 보웨리[6] 가의 여러 극장들에서는 (그곳에 모인 사람들은 연극이 조금만 늦게 시작해도 「빨리 막을 올려!」하고 고함을 지르곤 했다) 말 탄 사나이와 총 싸움을 주제로 한 멜로드라마들이 판을 치고 있었다. 그것에 대한 가장 간단한 설명은 그 당시 미국 사회 전체가 서부를 향한 유혹의 열병에 시달리고 있다는 데에 있었다. 서쪽 하늘 너머에 네바다 주와 캘리포니아 주의 금이 있었다. 서쪽 하늘 너머에

---

5) 여기서 쓰레기라는 표현을 쓴 것은 어차피 또 다른 희생자를 죽여 모든 것을 턴 다음 쓰레기처럼 버릴 것이기 때문이다.
6) 앞의 작품 「부정한 상인 몽크 이스트맨」에서도 언급한 대로 뉴욕의 빈민가.

삼나무들을 쓰러뜨리는 도끼, 바빌론적인 들소의 거대한 머리통, 실크 모자를 쓴 브리검 영[7] 신도들의 줄줄이 늘어선 주택들, 인디언들의 의식과 분노, 사막의 쾌청한 날씨, 거대한 목장, 마치 바다에 가까이 가면 느낄 수 있는 것처럼 대지의 박동 소리를 들을 수 있는 원시림. 서부가 부르고 있었다. 그 즈음 끊이지 않는 풍문이 계속해서 들려오고 있었다. 그것은 서부를 점령하고 있던 수많은 미국인들에 대한 풍문이었다. 1872년 그러한 대열에 몸을 담은 사람들 중에는 사각의 감방에서 도망친, 항상 뱀처럼 몸을 도사리고 있던 빌 해리건이 있었다.

한 멕시코인의 격퇴

역사(마치 어떤 영화 감독이 만든 영화가 그러했던 것처럼 비연속적인 영상들로 진행되는)[8]는 이제 마치 심해 속에 들어가 있는 것처럼 느끼게 만드는, 전지전능한 사막에 있는 한 위험한 선술집의 장면을 제공한다. 시간은 1873년 우중충한 어느 날

---

7) Brigham Young(1801-1877) : 몰몬교의 창시자.
8) 보르헤스가 미셸 푸코에게 절대적인 영향을 미쳤다는 것은 그 스스로 밝힌 바대로(예를 들어 그의 저서 『말과 사물』의 서문에서처럼) 널리 알려진 사실이다. 여기서 역사를 비연속적 영상으로 보는 보르헤스의 생각은 『말과 사물』에서 개진되고 있는 푸코의 역사관과 일맥상통함을 알 수 있다. 또한 보르헤스가 이 작품에서 역사를 그렇게 비유한 것은 이 단편에서 빌리 더 키드에 대한 이야기가 전후 맥락을 잘라버린 채 띄엄띄엄 등장하기 때문이다. 그러나 그러한 구조가 이 작품집의 모든 작품에 산재해 있음을 볼 때 그것이 이 작품집과 관련한 보르헤스의 매우 특징적인 역사관임을 알 수가 있다. 여기서 비연속적인 영상들이란 조셉 본 스턴버그의 영화들이 가진 특성을 일컫은 말이다.

밤, 장소는 바로 뉴멕시코 주에 있는 야노 에스따까도 고원[9]이
다. 그곳의 땅은 거의 초자연적으로 보일 만큼 편편하다. 그러
나 구름들이 불규칙한 단층을 이루며 흩어져 있고, 폭풍우와 달
의 잔영들이 얼룩져 있는 하늘은 군데군데 뚫려 있는 구멍들과
치솟아오른 산들로 가득 차 있다. 땅에는 들소의 해골과 어둠
속에 숨어 있는 늑대들의 울음소리와 눈, 아름다운 말들, 그리
고 술집에서 흘러나오는 불빛이 있다. 술집 안에는 카운터가 단
하나밖에 없다. 하루의 노동에 지친 건장한 체구의 남자들이 바
로 그 카운터에 팔을 괴고 앉아 툭하면 싸움질을 벌이도록 만드
는 술을 마시고 뱀과 독수리가 그려진 거대한 은동전들을 으스
대며 내놓곤 한다.[10] 한 취객이 맥빠진 목소리로 노래를 부른
다. 그들 중에는 비록 그런 언어를 쓰면 멸시를 받음에도 불구
하고 많은 에세(S) 발음을 가진 언어를 말하는 사람들이 있다.
물론 그것은 스페인어가 틀림없다. 지하 토굴의 빨간 쥐, 빌 해
리건은 술을 마시고 있는 사람들 틈에 끼여 있다. 그는 두 잔의
위스키를 마셨고, 단 1센트도 남아 있지 않았기 때문에 한 잔
외상을 청해 볼까 생각하고 있다. 그 사막의 사내들은 그로 하
여금 풀이 죽도록 만든다. 그에게는 그들이 거대하고, 격정적이
고, 행복하고, 야생 짐승들과 말들을 다루는 일에 저주스러우리
만치 능란한 것처럼 보인다. 갑자기 주정꾼의 정신나간 음성을
제외하고 완벽한 침묵이 다가온다. 늙은 원주민 여자 같은 얼굴

---

9) Llano Estacado : 일명 Staked Plain이라고도 불리는 이 고원은 뉴멕시코
　주의 남동쪽과 텍사스 주의 북서쪽에 자리하고 있다. 보르헤스가 뉴멕시코
　라고 표기한 것은 앞에서 말한 주점이 뉴멕시코 주 쪽의 고원에 있기 때문
　에 그렇게 하지 않았는가 추측된다.

10) 여기서 뱀과 독수리가 그려진 은화란 멕시코 돈을 뜻한다.

을 가진 아주 거대한 체구의 한 멕시코 남자가 들어왔던 것이
다. 그는 챙이 넓은 모자를 쓰고 있고, 허리에는 삐딱하게 찬
두 자루의 권총들이 치렁치렁하다. 그는 거친 영어로 술을 마시
고 있는 모든 양키 개새끼들에게 밤인사를 건넨다. 아무도 도전
을 하려고 하지 않는다. 빌은 그가 누구인지를 묻고, 사람들은
그에게 숨죽인 목소리로 저 건달은 치와와[11] 출신의 벨리사리오
비야그란이라고 속삭인다. 곧 총성이 울린다. 빌 해리건이 건장
한 사내들 틈바구니에 끼여 침입자에게 총을 발사했던 것이다.
비야그란의 손에서 잔이 떨어진다. 이어 그의 몸이 쓰러진다.
그에게 더 이상 총을 쏘아야 할 필요가 없다. 그는 그 휘황찬란
한 죽음에 눈길조차 던지지 않은 채 다시 대화를 이어간다. 「그
래요?」 그가 묻는다. [12] 「그렇다면 나는 뉴욕에서 온 빌 해리건
이요」 주정꾼은 무심하게 노래를 계속한다.

　이제 빌 해리건에 대한 신화적 숭배의 수수께끼가 풀린다. 그
는 내미는 사람들의 손과 악수를 하고, 그들이 퍼붓는 아첨과
환성과 위스키를 받아들인다. 누군가가 그의 권총에 표식이 없
다는 것을 발견한다. 그가 빌 해리건에게 비야그란을 죽였다는
것을 의미하는 표식을 권총에 새기라고 제안한다. 빌리는 한 사
람이 내민 단도를 받아든다. 그러나 반문한다. 「멕시코 놈들을

---

11) Chihuahua : 멕시코의 주 이름.
12) 원본에는 여기에 주가 달려 있다. 주에는 이 문장과 똑같은 뜻의 다음과
　같은 영어 문장이 적혀 있다. Is that so, he drawled. 여기서 drawled는
　단순히 〈말하다〉는 뜻이 아니라 〈천천히 말하다〉, 〈모음을 길게 빼서 느리
　게 말하다〉라는 뜻을 가지고 있다. 그가 이런 주를 단 것은 스페인어에 같
　은 뉘앙스를 가진 적당한 단어가 없기 때문에 본문에는 그냥 〈말하다
　decir〉라는 동사를 쓴 뒤, 그것의 미진함을 보충하기 위해 주를 단 듯 싶다.

표시할 가치가 있을까」 실상 그것만으로 충분치가 않다. 그날 밤, 빌은 자신의 모포를 시체 옆에 깐다. 그리고 날이 샐 때까지 그 옆에서 잠을 잔다. 자랑스럽게.

죽음의 이유

이 행운의 총성으로부터 (열네 살의 나이에) 영웅 빌리 더 키드가 탄생했고, 도망자 빌 해리건은 죽었다. 그는 하수도를 기어다니고 행인의 뒤통수를 후려치며 살아가던 소년으로부터 이제 국경지대를 횡행하는 어른으로 도약하게 되었다. 그는 이제 말 타는 사나이가 되었다. 그는 오레곤 주나 캘리포니아 주에서처럼 몸을 뒤로 젖히는 식이 아닌, 와이오밍 주나 텍사스 주 식인 말 위에서 몸을 똑바로 세우는 기마술을 배웠다. 모든 일이 그의 신화에 걸맞게 진행되지는 않았지만 적정선은 유지되었다. 뉴욕에서 불량배였을 때 가지고 있던 어떤 무엇이 카우보이가 된 뒤에도 계속 견지되었다. 그는 전에 흑인들에게 품었던 그런 증오심을 이번에는 멕시코 사람들에게 쏟았다. 그러나 그가 죽기 전 마지막으로 했던 말들은 스페인어 욕이었다. 그는 가축들을 몰고 가는 방랑의 예술을 배웠다. 그는 또 다른 것, 더욱 어려운 것, 사람들을 부리는 법도 배웠다. 이 두 가지를 배움으로써 그는 뛰어난 목장털이꾼이 될 수 있었다. 이따금 그는 멕시코 음악과 사창가에 흠뻑 빠져 살기도 했다.

그는 지독한 불면 때문에 나흘 낮과 밤 동안 쉬지 않고 떠들썩한 향연을 벌이기도 했다. 그리고 마침내 잔치에 넌더리가 나면 그는 총알로 청구서를 지불했다. 방아쇠를 당기는 손가락이 그를 실망시키지 않고 있는 한 그는 국경에서 가장 두려운 (그리고 아마 유일무이한) 존재였다. 후에 그를 사살했던 보안관이자 그의 친구였던 가레트가 그에게 이렇게 말한 적이 있었다.

「나는 들소들을 죽이려고 수도 없이 많이 총구를 겨누어보았었지」

「나는 사람들을 죽이려고 더 많이 그 짓을 해봤었지」

그가 부드러운 음성으로 대꾸했다. 정확한 숫자는 알 길이 없다. 그러나 우리는 그가 21명의 죽음에 대해서는 책임이 있다는 걸 알고 있다. 「물론 멕시코 사람들은 셈에서 뺀 숫자지만」 그는 그 대담무쌍한 6년의 시간 동안 그러한 사치를 즐기고 다녔다. 용기라는 사치.

1880년 7월 21일 밤, 얼룩무늬 말에 탄 빌리 더 키드는 포트 섬머의 중심도로, 또는 단 하나밖에 없는 도로를 전속력으로 달리고 있었다. 더위는 지독했고, 그 어떤 집에서도 불빛이 흘러나오지 않고 있었다. 현관의 흔들의자에 앉아 있던 보안관 가레트가 권총을 뽑아들었고, 그의 복부를 향해 총 한 발을 발사했다. 얼룩무늬 말은 계속 앞으로 내달았다. 그러나 말에 탄 사람은 땅 위로 굴러떨어졌다. 마을 사람들은(상처를 입은 사람이 빌리 더 키드라는 것을 잘 알고 있는) 단단히 창문을 잠갔다. 임종의 고통은 길고 불경스러웠다. 이미 해가 중천에 높이 뜬 뒤에서야 사람들이 가까이 다가갔고, 그의 무장을 해제시켰다. 그는 죽어 있었다. 시체들이 가지고 있는 너절함의 기운이 그에게도 역력하게 드러나고 있었다.

사람들은 그를 면도시켰다. 기성복으로 그를 둘둘 말았고, 동

포와 조롱의 대상이 되기에 가장 좋은 가게의 쇼윈도에 그를 전
시했다.

　말 또는 마차에 탄 사람들이 멀리서 원을 그리며 그것을 관람
했다. 셋째 날이 되자 그들은 시체의 얼굴에 화장을 해야 했다.
넷째 날 그들은 즐거운 마음으로 그를 매장했다.

무례한 예절 선생 고수께 노 수께

이번 이야기에서 다루게 될 악당은 아코 성 성주의 몰락과 죽음을 야기시킨 불행한 관리이자, 당연한 복수가 그에게 임박했을 때 신사로서의 명예를 거부했던, 무례한 예절 선생 고수께 노 수께이다. 그는 모든 사람들로부터 감사의 치하를 받아야 할 그런 자격을 지닌 사람이었다. 왜냐하면 사람들로 하여금 고귀한 충성심에 불타도록 만들었고, 결코 역사의 장에서 지워지지 않을 나쁜 표본으로서 절대적으로 필요한 사람이었기 때문이다. 지금까지 100여 편이 넘는 소설, 학술논문, 박사학위 논문, 그리고 오페라가 ── 도자기나, 줄무늬 청금석이나, 두루마리 그림에도 널리 나타나고 있다는 것은 차치해 두고라도 ── 그 사건을 추모하고 있다. 심지어 변질되기 쉬운 영화까지도 그것을 추모하기 위해 동원되고 있으니까 말이다. 왜냐하면 『47영웅들의 장엄한 역사』── 그게 바로 그의 이름일 것이다 ── 는 일본 영화에 있어 가장 빈번하게 반복되는 주제이기 때문이다. 이렇듯 사람들이 열광적으로 관심을 표명하도록 만드는 그것의 명백한 미덕은 단순히 그럴 듯하다는 것 이상을 넘어선다. 그것은 어느 관점에서 봐도 절대 과장이 아니다.

나는 지방색을 묘사하고자 하면 당연히 뒤따르는 산만성을 배제하고 찬란한 일화들의 전개 과정에만 주의를 기울이는 미트포드[1] 작품의 예를 뒤쫓기로 한다. 이러한 〈동양주의〉의 결핍은 이 이야기가 일본어판을 직접 참고하지 않았기 때문이 아닌가 하는 의구심이 들도록 만든다. [2]

풀린 신발 끈

1702년 나른한 봄, 아코 성[3]의 고명하신 성주는 천황의 사신 한 사람을 맞아들여 접대를 해야 했다. 2,300년에 걸쳐 면면히 이어온 (물론 이 기간 안에는 신화적인 시대가 끼여 있고[4]) 법도는 접대의 예식을 고통스러울 정도로 아주 복잡하게 만들어 놓았다. 천황의 사신은 천황과 마찬가지였다. 그러나 물론 하나

---

1) A.B. Mitford : 영국 작가로 보르헤스가 이 글을 쓰기 위해 참조한 『옛 일본의 이야기들』이라는 작품을 저술했다.
2) 이 말은 보르헤스가 이 이야기를 쓰기 위해 참조한 책이 일본어로 된 것이 아닌 영어로 된 A.B. 미트포드의 『옛 일본의 이야기들』(런던, 1912년)이기 때문이다. 보르헤스는 이 작품집 뒤에 이 이야기의 참고문헌으로서 미트포드의 위 작품을 명기하고 있다.
3) 일본 혼슈 서부 효고 현에 있는 도시의 이름.
4) 신화적 시대란 모든 국가의 역사에서 볼 수 있는 역사적으로 밝혀지지 않는 신화적 요소를 담고 있는 시대를 가리킨다.

의 표식 또는 상징으로서 말이다. 그런데 그것은 천황의 위엄을 감소시키기보다는 오히려 가중시키기는, 되려 더욱 부적절한 성격을 가지고 있다. 자칫 잘못해 치명적인 실수를 범하지 않도록 하기 위해 예도[5]에 있는 천황의 황실에서는 예식을 지도하는 선생의 직책을 가진 관리 하나를 그 사신에 앞서 파견했다. 궁궐 생활과는 거리가 먼, 산에서의 은둔 생활에 익숙해 있었던 키라 고수께 노 수께에게는 틀림없이 그것이 유배와도 같았을 것이었다. 그래서 그는 아주 안하무인격으로 자신의 교육을 실시하곤 했다. 이따금 선생의 언행은 무례함의 수준에까지 이르곤 했다. 그의 제자가 된 성의 성주는 이러한 모욕에 대해 짐짓 모른 척 참으려고 했다. 그는 어떻게 항변해야 할지를 몰랐고, 그리고 제자로서의 입장은 그로 하여금 모든 난폭한 행동을 삼가도록 하고 있었다. 그러던 어느 날 아침, 성주의 신발 끈이 풀어졌고, 그는 고수께 노 수께에게 그것을 묶으라고 지시했다. 그 신사는 공손히, 그러나 마음속으로는 깊은 분노와 함께 지시를 따랐다. 그러면서 그 무례한 예절 교육 선생은 성주에게 〈당신은 정말 구제불능이고, 망나니들이나 그렇게 단단한 매듭을 함부로 풀어제치고 다닐 수 있을 것〉이라고 말했다. 성주는 칼을 뽑아 들어 그를 내리쳤다. 그는 이마에 희미한 핏자국 하나를 남긴 채 걸음아 나 살려라 줄행랑을 쳤다…… . 며칠 후 그는 자신에게 상처를 입힌 사람에 대한 군사 재판을 시행했고, 그에게 자결의 형벌을 내렸다. 아코 성의 중앙 마당에는 빨간 융단이 깔린 단이 세워졌고, 거기에 죄수가 모습을 드러냈다. 집행인들이 그에게 금과 돌로 만든 비수를 건넸다. 아코 성의 성주는 큰소

5) 동경의 옛 이름. 1868년 메이지 유신 때 동경으로 바뀌었다.

리로 자신의 죄를 고백했고, 웃통을 벗었고, 의식에 따라 양옆으로 배를 갈라 사무라이의 죽음을 맞이했다. 집행장에서 멀리 떨어져 있던 사람들은 융단의 색깔이 빨간색이었기 때문에 그가 쏟은 피를 볼 수 없었다. 백발이 성성하고, 몸가짐이 예절바른 한 노인이 검으로 그의 목을 쳤다. 꾸라노스께 장로, 바로 아코 성 성주의 오랜 친구였다.

악당의 위장자

타쿠미 노 카미 성은 몰수되었다. 그의 장수들은 흩어지고, 그의 가족들은 풍비박산이 되어 미명 속에 묻혀버렸다. 그의 이름은 저주의 대명사가 되어버렸다. 그가 죽던 바로 그날 밤 그의 장수들 중 47명이 한 산의 꼭대기에서 결의를 다지고, 문자 그대로 일 년 뒤에 일어나게 될 그런 거사를 계획했었기를 바라는 소문이 나돈다. 그러나 확인할 수 있는 것은 거사에 대한 계획이 그가 죽던 날이 아닌 보다 시간이 경과한 후에 진척되었으며, 그들이 가진 비밀회담이 어떤 산의 가파른 꼭대기가 아닌 숲속에 있는 한 사원에서 열렸다는 사실이다. 거울 하나가 담긴 네모난 상자 외에는 다른 장식물이 없는, 흰돌로 지어진 평범한 절의 회당에서 말이다. 그들은 복수를 갈망했다. 그러나 그들에게 복수가 불가능한 일로 보여졌음은 매우 확실한 사실이다.

저주스러운 예절 선생 키라 고수께 노 수께는 자신의 집에 튼튼한 담장을 축조했고, 수많은 궁수들과 검술사들이 그의 가마를 호위하곤 했다. 그는 모든 정보를 충직하고, 주도면밀하고,

정체를 드러내지 않는 첩자들에 의존하고 있었다. 그 누구도, 복수를 꾀한다면 그들의 수장으로 적격일 꾸라노스께 장로를 드러내놓고 감시하거나 지켜보지 않았다. 꾸라노스께는 우연히 그것을 깨닫게 되었고, 그는 그날로 복수의 계획을 세웠다.

그는 전국에서 가을 단풍이 가장 아름다운 도시인 교또로 이사를 했다. 그는 창녀집, 도박장, 술집 등에 쳐박혀 살았다. 그는 백발에도 불구하고 매춘부들과 시인들, 그리고 심지어 가난뱅이들과도 어울렸다. 한번 그는 술집에서 쫓겨나 봉두난발을 한 채 옆에 구토물을 쏟아놓고 문설주에 기대 날이 샐 때까지 잠을 잤다.

사수마 출신의 한 사람이 그를 알아보았고, 슬픔과 분노에 차 말했다.

이자는 바로 아사노 타쿠미 노 카미의 장로가 아니던가? 그가 자결하도록 목을 쳐 도와주었던 바로 그 작자가 아니던가. 그런데 자신의 주인을 위해 복수를 하기는커녕 방탕과 환락 속에 빠져 있다니. 아, 사무라이의 이름에 먹칠을 한 작자!

그는 잠들어 있는 그의 얼굴을 짓밟고, 그에게 침을 뱉았다. 첩자들이 이러한 그의 방탕스러운 삶에 대해 보고하자 고수께 노 수께는 깊은 안도의 한숨을 내쉬었다.

정황은 그것만으로 그치지 않았다. 그는 자신의 아내와 막내아들과도 헤어졌다. 대신 그는 사창가에서 첩을 하나 사들였다. 이처럼 사람들의 입에 널리 오르내리게 된 그의 이러한 망나니짓은 원수의 마음을 달뜨게 하고, 그의 공포에 깃든 조심성을 이완시키도록 만들었다. 마침내 그는 자신의 경비병들 중 반을 해고시키기에 이르렀다.

47명의 장수들은 1703년 혹독한 어느 겨울 밤 예도의 교외, 공동 우물이 하나 있고, 그리고 화투 공장이 있는 곳 근처 담이 허물어진 한 정원에서 모이기로 약조했다. 그들은 죽은 주인의 깃발을 앞세우고 그곳으로 향했다. 공격을 개시하기 전 그들은 마을 사람들에게 그곳을 폐허로 만들어버리려는 게 아니고 단지 엄정한 정의를 세우기 위한 군사행동임을 알렸다.

상처

그들은 두 패로 나뉘어 키라 고수께 노 수께의 궁전을 공격했다. 장로는 정문을 공격한 첫번째 부대의 지휘를 맡았다. 두번째 부대는 아직 채 16살이 되지 않은, 그날 밤 전사한 그의 큰아들이 맡았다. 역사는 이 찬란한 악몽의 한 순간 한 순간들을 기억하고 있다. 줄사다리를 이용한 대담하고, 위태로운 하강, 공격의 북소리, 당황한 방어자들, 발코니에 자리잡고 있던 궁수들, 인간의 생명기관들을 향해 날아오는 화살들의 직선 비행, 피의 저열한 분출, 추위 때문에 나중에 얼음덩어리로 변해 버린 장렬한 죽음. 그것은 한마디로 말해 죽음의 추악함과 무질서라고 할 수 있었다. 아홉 명의 장수들이 전사했다. 수비병들 역시 공격자들과 마찬가지로 용감했다. 그들은 항복을 거부했다. 자정이 약간 지난 후 저항은 멈췄다.

이러한 충성심에 부끄러움을 느꼈기 때문일까, 키라 고수께 노 수께는 모습을 드러내지 않았다. 그들은 흥분에 부들부들 떨고 있는 궁전의 구석구석을 뒤졌다. 그의 침실 이부자리에 아직도 온기가 남아 있음을 발견한 장로는 이미 그를 발견할 수 없을지도 모른다는 절망감에 빠져 있었다. 그들은 처음부터 다시 수색을 재개했고, 청동거울로 위장한 작은 창문 하나를 발견했다. 그 아래에 나 있는 작은 정원에서 허연 그림자를 늘어뜨리고 있는 한 남자가 그들을 올려다보고 있었다. 그의 오른손에는 부들부들 떨고 있는 검 하나가 쥐어져 있었다. 그들이 내려갔을 때 그는 아무런 저항 없이 항복했다. 그의 이마에는 긴 상처 자국이 하나 나 있었다. 타쿠미 노 카미가 검으로 그려놓은 오래된 그림 하나.

피로 뒤범벅이 된 장수들은 원한에 사무쳐 있는 장로의 발치 앞에 그를 냅다 내팽개쳤다. 그들은 그에게 자신들은 죽은 성주의 신하들이고, 자신들이 성을 잃고 몰락하게 된 것은 그의 책임임을 추궁했다. 그리고 그에게 사무라이로서 마땅히 취해야 할 자결을 결행하라고 요구했다.

그들은 그의 천박한 인간성을 전혀 짐작조차 못한 채 그에게 그런 영예를 제안한 것이었다. 그러나 그는 그런 명예에 의미를 부여하는 그런 사람이 아니었다. 새벽녘이 되어 그들은 하는 수 없이 그를 참수시켜야 했다.

목격

이미 복수를 성취한(그러나 분노 없이, 주저함 없이, 회한의 감정 없이) 장수들은 주인의 유골이 모셔져 있는 사원으로 향했다. 그들은 그릇에 그 처참한 키라 고수께 노 수께의 목을 담아

안전하게 운반을 하기 위해 서로 임무를 교대한다. 그들은 낮의 쨍쨍한 태양 아래서 들판들과 마을들을 가로지른다. 사람들이 그들을 경하하며 눈물을 흘린다. 센다이의 왕자는 그들에게 잔치를 베풀겠다고 제안한다. 그러나 그들은 벌써 2년 전부터 자신들의 주인이 자신들을 기다리고 있다며 사양한다. 그들은 어두운 묘지에 당도하고, 원수의 머리를 바친다.

천황의 대법정은 판결을 내린다. 그들이 기다리고 있는 거다. 그들에게 자결을 할 수 있는 특혜가 부여된다. 모두가, 어떤 장수들은 장렬하게 그것을 결행하고, 그들은 자신들의 주인 곁에 나란히 잠든다. 사람들과 어린애들이 그토록 충성스러웠던 사람들을 경배하기 위해 그들의 무덤을 찾아온다.

사수마 출신의 사내

그곳을 찾아 아주 먼 곳에서 온 듯 먼지에 뒤덮이고 지쳐 축늘어진 한 청년이 있다. 그는 장로 오이쉬 꾸라노수께의 비석 앞에 무릎을 꿇는다. 그리고 큰소리로 말한다. 「나는 쿄또의 한 창녀집 문 앞에 쓰러져 있는 당신을 보았습니다. 그리고 그때 나는 당신이 당신의 주인을 위한 복수를 꿈꾸고 있다고 생각하지 않았습니다. 나는 당신을 절개가 없는 무사로 생각했고, 당신의 얼굴에 침을 뱉았습니다. 나는 당신에게 사죄를 하려고 이렇게 왔습니다」 그는 이렇게 말했고, 그리고 하라끼리(할복자살)를 결행했다.

절의 주지승은 그의 용기에 연민을 느꼈고, 장수들이 누워 있는 자리 곁에 그의 묘지를 마련해 주었다.

　이것이 충성스러운 47인의 장수들에 관한 이야기의 끝이다. 그러나 이 이야기에는 끝이 없다. 왜냐하면 그처럼 충성스럽지는 않지만 그렇게 되기 위한 희망을 결코 버리지 않는 우리 같은 또 다른 사람들이 계속해서 말로 그들을 영예롭게 만들기 때문이리라.

위장한 염색업자 하킴 데 메르브

앙헬리까 오깜뽀에게

만일 내가 틀리지 않는다면 쿠라산[1] 출신의 〈미궁에 가려진 예언자〉(좀더 정확히 말해 〈가면을 쓴〉) 알 모카나에 관한 주요 자료들은 다음 네 가지로 축약할 수 있다.

1) 발라두리[2]에 의해 보존된 『마호메트 후계자들에 관한 역사』의 발췌본들

2) 아바시다[3] 왕국의 왕실역사가(이븐 아비) 타이르 타르푸르

---

[1] 영어로는 Khurasan, 스페인어로는 Jorasán, 이란의 북동쪽에 위치한 주의 이름이며 수도는 메쉐드이다. 옛 이란의 가장 중요한 도읍의 하나였다.

[2] Baladhuri(? -829) : 정식 이름은 Ahmad ibn Yahya al-Baladhuri로서 아랍의 역사가이다. 바그다드와 시리아에서 수학했고, 바그다드에서 살았다. 주저서로 『마호메트 후계자들에 관한 역사』, 『귀족 가계』 등이 있다.

[3] Abbasidas : 750년 오메야스를 왕위로부터 끌어낸 아불라바스에 의해 건립된 왕국. 이 왕가는 762년부터 1258년까지 바그다드를 통치했다. 보르헤스는 여기서 Abbasidas라고 표기하고 있지만 공인된 스페인어 표기법은 b 하나가 빠진 Abasidas이다.

의 『거인에 대한 지침서, 또는 그것에 대한 정확하고 정정이 가해진 책』

3) 이교 〈은밀한 장미〉 또는 〈숨겨진 장미〉의 사악한 이단성을 반박하고 있는 상기한 예언자의 정전 『장미의 폐멸』이라는 제목의 아랍어판 책

4) 카스피 해 횡단 철도를 건설하기 위해 시행한 폭파 작업 중 엔지니어 안드르소브에 의해 채굴된 흉상이 새겨져 있지 않는 동전들. 그 동전들은 테헤란의 고(古)동전 수집실에 보관되었다. 이 동전들에는 『장미의 폐멸』에 대한 요약, 또는 몇몇 부분을 정정하고 있는 페르시아의 대구시(對句詩)가 담겨져 있다. 『장미의 폐멸』의 원본들은 소실되어 버렸다. 왜냐하면 1899년에 발견되어 모르겐란디쉬스 아르치브 출판사가 충실히 출간한 원고는 혼과, 그 후 퍼시 사이크스[4]에 의해 위작으로 선포되었기 때문이다.

그 예언자가 서구에서 명성을 누리게 된 것은 아일랜드 반란자의 애상과 한숨을 담은 무어[5]의 재잘거리는 듯한 시 덕택이다.

---

4) Horn과 Percy Sikes : 그에 관한 작품을 저술한 사람들.
5) 여기서 무어는 아일랜드 출신 작가 조지 무어 George Moore(1852-1933)를 가리킨다. 주요 작품으로는 『에스더의 물』, 『호수』 등이 있다. 특히 그는 아일랜드 독립 운동의 시발과 전개를 다루고 있는 일종의 자전들인 『잘 있어 안녕』으로 유명하다. 여기서 언급하고 있는 시란 바로 이 작품을 가리킨다.

자홍색 비단

그 시대 그 땅의 사람들이 나중에 〈미궁에 가려진 사람〉이라는 별명을 붙여준 하킴이라는 사람은 헤지라력[6]으로는 120년, 서기로는 736년에 뚜르께스탄[7]에서 태어났다. 그의 조국은 정원들과 포도밭들과 목초지들이 서글프게 사막을 바라보고 있는 메르브[8]의 오래된 도시였다. 만일 사람들의 숨을 턱턱 막히게 하고, 검은 나뭇가지에 하얀 판화를 남겨놓는 먼지 구름이 세상을 어둠침침하게 만들지 않는 한 그곳의 정오는 은백색으로 찬란했다.

하킴은 이 진력나는 도시에서 자랐다. 우리는 그의 삼촌이 그로 하여금 염색 기술에 능통하도록 가르쳐주었다는 사실에 대해 알고 있다. 불가사의한 그의 인생 여정에 있어 첫 저주를 불러일으킨 그 불경과 거짓과 변덕의 예술 말이다. 「나의 얼굴은 금으로 되어 있다(그는 『장미의 폐멸』에 나오는 한 유명한 구절에서 이렇게 선언한다). 나는 자줏빛 물감을 풀었고, 두번째 밤에 털을 빗기지 않은 양을 담갔고, 세번째 밤에 그것이 준비된 양에 배어들게 만들었고, 그리고 섬들의 황제들은 그 핏빛 옷을 서로 차지하려고 싸움을 벌였다. 젊은 시절 나는 그러한 사악한 마술에 빠졌고, 창조물들이 가진 원래의 색깔들을 교란시켜 놓았다. 천사가 내게 양들은 호랑이들과 다른 색깔을 가지고 있다

---

6) 헤지라력이란 회교의 연대계산법으로서 모하메트가 메카에서 메디나로 피신한 날인 서기 662년 7월 15일 일몰에서부터 세기 시작함.
7) Turquestán : 지금의 시베리아, 인도, 아프가니스탄, 티벳, 몽고, 이란의 카스피해, 중국, 소련 등에 걸쳐 있는 지역을 가리키는 말.
8) Merv : 마리라고도 불리는 구소련령의 도시 이름.

고 말했다. 그러나 사탄은 내게 전지전능자는 내가 그렇게 하는 것을 좋아하고, 나의 대담성과 나의 자줏빛 염색은 가치 있는 일이라고 말했다. 지금 나는 천사와 사탄이 똑같이 진실을 오인했고, 그리고 모든 색깔은 저주스러운 것이라는 것을 안다」

헤지라력으로 146년 하킴은 자신의 조국에서 종적을 감췄다. 사람들은 그의 부서져 있는 가마솥들과 담금통들을 발견했다. 시라스[9] 산 반월도와 청동거울 하나도 마찬가지로 부서져 있었다.

소

158년 사반[10] 달 마지막 날, 사막의 기후는 맑았고, 사람들은 고행과 단식을 인도하는 라마단[11]의 달을 찾아 서쪽 하늘을 바라보고 있었다. 그들은 노예들, 거지들, 장사꾼들, 낙타도둑들, 그리고 백정들이었다. 그들은 엄숙하게 땅바닥에 앉아 메르브로 통하는 길에 있는 대상들의 휴게소 문간에서 달이 뜨기를 기다리고 있었다. 그들은 서쪽을 바라보고 있었다. 서쪽 하늘의 빛깔은 모래 빛깔이었다.

그들은 가물거리는 사막(마치 사막의 달이 사막으로 하여금 경련을 일으키도록 만들듯, 사막의 태양은 사막으로 하여금 신열이 들도록 만든다) 저쪽에서 세 개의 형상이 다가오는 것을 보았다. 그것들은 그들에게 지극히 지고해 보였다. 세 형상은

---

9) Shiraz : 이란의 남서쪽에 있는 도시의 이름. 일반적으로 이란에서 생산되는 물품들을 가리킬 때 쓰이는 말이기도 함.
10) xabán : 헤지라력으로 여덟번째 달.
11) 회교력의 아홉번째 달.

인간의 모습을 하고 있었는데 가운데의 존재는 소의 머리를 하고 있었다. 그들이 가까이 다가오자 사람들은 가운데 사람은 가면을 쓰고 있고, 나머지 두 사람은 소경이라는 것을 알았다.

어떤 사람이 (마치 『천일야화』에 나오는 이야기들에서처럼) 그러한 경이로운 광경의 연유를 캐물었다. 「그들은 앞을 못 보오」 가면을 쓴 사람이 말했다. 「왜냐하면 그들이 나의 얼굴을 봤기 때문이오」

표범

아바시다의 역사가들은 말한다. 사막의 그 사람은(그의 음성은 너무도 부드러워 자신의 얼굴에 씌어진 가면의 잔혹성과 동떨어져 보였다) 그들에게 고행의 달이 떠오르기를 기다리고 있는가 물었다. 그는 보다 찬란한 예언을 그들에게 고했다. 고통으로 가득 찬 삶과 모독적인 죽음에 대해서였다. 그는 그들에게 자신이 오스만의 아들 하킴이며, 민족 대이주(헤지라력과 같은 뜻[12]) 146년 자신의 집에 어떤 사람이 침입했고, 그가 자신의 목을 반월도로 쳐 하늘로 가져갔다고 말했다. (바로 가브리엘 천사인) 그 사람의 오른손에 들린 하킴의 머리는 하느님 앞에 놓여졌다. 하느님은 그에게 예언의 사명을 주었다. 즉 하느님은 그에게 말하면 입이 타버리는 옛말들을 일러주었고, 죽어 없어질 존재들이 쳐다보면 눈이 멀어버릴 그런 영광스러운 빛을 주

---

12) 민족 대이주와 헤지라력이 같다는 것은 마호메트가 메카에서 메디나로 이주한 서기 622년을 첫해로 삼기 때문이다.

었다. 그것이 바로 그가 가면을 쓰고 있는 이유였다. 지상의 고든 사람들이 새로운 법을 지키게 될 때 그들 앞에 자신의 얼굴이 모습을 드러내게 될 것이고, 그때가 되면 그들은 위험 없이 그것을 숭배할 수 있게 될 것이었다. 마치 천사들이 이미 그의 얼굴을 숭배하듯이 말이다. 자신에게 위임된 임무를 포고한 하킴은 그들에게 성전(聖戰)인 제하드와 자발적인 순교를 독려했다.

노예들, 거지들, 장사꾼들, 낙타도둑들, 그리고 백정들은 그에 대한 신앙을 거부했다. 어떤 사람은 〈미신〉, 그리고 다른 사람은 〈사기꾼〉이라고 외쳤다.

누군가가 그곳에 표범 한 마리를 데려왔었다. 아마 페르시아의 사냥꾼들이 길들인 듯한 빛깔이 화려하고 살생을 즐기는 동물의 표본. 연유야 어찌됐든 확실한 것은 놈이 우리를 부수고 밖으로 뛰쳐나왔다는 사실이었다. 가면을 쓴 예언자와 그의 두 시종을 제외한 나머지 사람들은 도망을 치려고 아수라장을 폈다. 그들이 다시 돌아왔을 때 그 짐승은 눈이 멀어 있었다. 광채를 발하고 있지만 죽어 있는 표범의 눈을 목격한 사람들은 하킴 앞에 무릎을 꿇고 숭배의 예를 올렸다. 그리고 그의 초자연적 능력을 찬양했다.

베일에 가려진 예언자

아바시다의 왕실 역사가는 덤덤하게 쿠라산에서의 〈베일에 가려진 자〉 하킴이 어떻게 세를 확장하게 되었는가에 대해 쓰고 있다. 자신들의 위대했던 족장이 십자가형에 처해진 불행에 깊은 마음의 상처를 입고 있던 이 지방 사람들은 절망적인 열광을 가지고 〈빛나는 얼굴〉의 교리를 끌어안았고, 그에게 피와 금의 조공을 바쳤다. (그때 이미 하킴은 흉측한 소 가면을 보석으로 수놓은 흰 4중 비단 베일로 대체한 뒤였다. 아바시다 왕국의 상징적인 색깔은 검정색이었다. 하킴은 경비대와, 깃발, 그리고 터번의 색깔로 흰색 —— 가장 모순적인 색깔 —— 을 택했다.) 전쟁 초기 모든 것은 순조롭게 풀려갔다. 『거인에 대한 지침서, 또는 그것에 대한 정확하고 정정이 가해진 책』에 보면 족장 하킴의 군대는 모든 곳에서 승리했다. 그러나 이러한 승리는 자주 장군들을 파면하고 난공불락의 성들을 텅 비워놓은 채 내버려두는 결과를 자아냈다. 진지한 독자는 어떤 이유 때문에 그러했는지 쉽게 짐작할 수 있을 것이다. 161년 레헵[13] 달 말, 유명한 니샤푸르[14] 시의 철문이 〈가면을 쓴 자〉를 위해 열렸다. 그리고 162년 초에는 아스따라바드 시[15]의 철문이 열렸다. 하킴은 군사 행동을 취할 때 (마치 다른 가장 운좋은 예언자의 경우에서처럼) 전술보다는 기도에 의존했다. 전투의 가장 격렬한 중심부에서 불그레한 낙타 등 위로부터 하느님에게 도달하는 그런 기도 말이다. 화살들은 결코 그를 건드리지 않은 채 쉭쉭 소리를 내며 옆으로 지나갔다. 그는 마치 자진하여 위험을 쫓아다니고 있는 것처럼 행동했다. 어느 날 밤 몇 명의 혐오스러운 문둥병 환자들이 그의 궁전을 에워싸고 시위를 벌였다. 그는 그들을 불러

13) rejeb : 보르헤스가 헤지라력의 어떤 달을 가리키고 있는 이름으로 쓴 것 같으나 그런 이름이 없어 잘못 표기된 듯싶음.
14) Niahapur : 쿠라산의 가장 중요했던 네 도시들 중의 하나.
15) Astarabad : 쿠라산의 또 다른 도시 이름.

들였고, 그들에게 키스를 했고, 그리고 그들에게 금과 은을 하사했다.

그는 예닐곱 명의 추종자들을 뽑아 그들에게 번거로운 통치의 업무를 위임했다. 그는 명상과 평화로운 삶에만 몰두했다. 114명의 눈먼 후궁들이 그의 신성한 육체가 필요로 하는 모든 것들을 충족시켜 주었다.

증오스러운 거울들

이슬람은 그의 말이 정통적인 신앙을 훼손시키지 않는 한 그것이 천박하고 위협적인 모습을 가지고 있다 할지라도 신의 충직한 친구들의 출현을 묵인한다. 아마 예언자로서의 하킴은 이러한 무관심에 따른 빈틈을 이용하려 들었을 것이다. 그러나 자신의 지지자들과 승리에 눈이 멀고, 쿠라손의 족장 모하메드 알마디에 대한 대중적 열광에 시기심을 느낀 그는 결국 이단에 빠질 수밖에 없었다. 그러한 상황이 그를 폐멸시켰다. 물론 그는 그 이전에 이미 선사시대적 그노시스교파[16]의 침투가 명백히 엿보이는 자신의 개인 종교에 관한 경전들을 만들었다.

하킴의 천지창조설에 보면 태초에 빛으로 된 하나의 신이 있다. 장엄하게도 이 신은 이름과 형상이 없는 것처럼 그 시작도 없다. 그는 〈변화되지〉 않는 신이다. 그의 이미지가 활동을 개시하면서 첫번째 하늘을 하사받아 통치하는 8개의 그림자들을 사출했다. 이 첫번째 조물주적 왕에 이어 또한 천사들, 통치자-

---

16) Gnosticism : 초기 기독교 시대에 등장한 이단 신비주의 종파.

들, 왕들과 함께 두번째 왕이 등장했다. 그리고 이들은 아래에 첫번째 하늘을 똑같이 본뜬, 그것과 평행을 이루는 또 다른 하늘을 창건했다. 이 두번째 천상적 교구는 세번째로 또다시 재생되고, 그것은 다시 또 다른 하급 하늘로 재생되고, 그렇게 해서 하늘의 총수가 999번째까지 이르게 되었다. 가장 심부에 있는 하늘의 주인이 바로 모든 것을 통치하는 자 —— 다른 그림자들의 그림자들 중의 그림자 —— 이고, 그가 가진 신성을 끝까지 쪼개가면 그 수치는 0에 이른다.

우리들이 기거하고 있는 지상은 하나의 실수, 덧없는 패러디이다. 거울들과 아버지는 저주스러운 것이다. 왜냐하면 그것들은 그러한 패러디를 증식시키고, 확인해 주기 때문이다. 혐오감은 본질적인 미덕이다. 두 명의 제자(그들을 뽑음으로써 하킴은 무거운 짐에서 벗어날 수 있었다)는 우리를 그러한 미덕으로 인도한다. 금욕과 방탕, 쾌락의 행사 또는 순결.

하킴의 천당과 지옥은 마찬가지로 절망적인 것이었다. 그의 말을 부정하는 사람들, 〈보석 달린 베일〉과 〈얼굴〉(〈숨겨진 장미〉로부터 간직되어 온 저주를 말하는)을 부정하는 사람들에게는 〈경이로운 지옥이 약속된다. 왜냐하면 그 각 지옥은 999개의 불의 제국들을 가지고 있을 것이고, 각 제국에는 999개의 불의 산들이, 각 산에는 999개의 불의 성들이, 각 성에는 999개의 층들이, 그리고 각 층에는 999개의 불의 방들이, 그리고 각 방에 그 사람들 하나하나가 들어갈 것이고, (얼굴과 목소리를 가진) 999종류의 불들이 그를 영원히 고문하게 될 것이기 때문이다〉. 다른 부분에서 이것이 재확언된다. 〈여기 살아 있는 동안 너희들은 육체 속에서 고통을 받는다. 그러나 죽고 나서 형벌을 받을 때는 그 무한함 속에서 고통을 받는다.〉 천국은 보다 덜 구체적이다. 〈그곳은 항상 밤으로 덮여 있고, 돌로 된 둘통들이 있다. 그 천국의 행복은 이별과 포기를 잘 받아들이고, 그리고 잠을 잘 줄 아는 사람들의 특별한 행복이다.〉

얼굴

민족 대이주 163년, 그리고 〈빛나는 얼굴〉력으로 5년, 하킴은 사남[17]에서 쿠라손 족장의 군대에 의해 포위됐다. 군수품과 순교자들은 충분했다. 그들은 빛의 천사들이 내려줄 즉각적인 도움을 기다리고 있었다. 그러는 사이 성내에 기괴한 소문이 나돌기 시작했다. 그 내용은 간통을 저지른 하킴의 후궁 하나가 환관들에 의해 교살을 당하던 순간 예언자 하킴의 약지손가락이 없고, 다른 손가락들은 손톱이 없다고 소리쳤다는 것이었다. 소문은 하킴의 충신들에게까지 퍼져갔다. 하킴은 쨍쨍 내리쬐는 태양 아래 높이 쌓아올린 단 위에서 그 낯익은 신에게 승리와 징표를 간청하고 있었다. 공손하게 머리를 옆으로 돌린 채 —— 마치 비를 피해 달리는 것처럼 —— 두 명의 장수가 그의 얼굴에서 보석들로 수놓아진 베일을 확 벗겨냈다.

먼저 경악의 떨림이 사방을 덮쳤다. 사도의 그 약속받은 얼굴, 천국에 갔다 왔다는 그 얼굴은 사실 흰색이었다. 그러나 문둥병의 자국들이 군데군데 남아 있는 그런 특별한 모양의 흰색

17) Sanam : 옛 이란의 지역 이름.

이었다. 그 얼굴은 너무 부풀어 있었고, 도저히 상상이 불가능할 정도였기 때문에 마치 가면처럼 보였다. 눈썹이 없었다. 오른쪽 눈의 아래 눈꺼풀은 쭈글쭈글한 뺨에 붙어 있었다. 혹 모양의 지독한 돌기 줄기가 입술들을 파먹고 있었다. 비인간적이고 납작한 코는 마치 사자의 코 같았다.

하킴의 음성은 마지막 거짓말을 시도했다. 「당신들의 저주스러운 죄는 당신들로 하여금 나의 빛을 보지 못하도록 만든 것이다……」 그는 계속 말을 이어갔다.

그러나 그들은 그의 말을 듣지 않았고, 그의 몸을 창으로 꿰뚫었다.

장밋빛 모퉁이의 남자[1]

엔리께 아모림[2]에게

이렇게 뒤늦게야 고 프란시스꼬 레알 씨에 대해 말하게 되었군요. 나는 그를 만난 적이 있지요. 그렇지만 그가 주로 활약을 했던 동네는 이 동네가 아닌 다른 동네였습니다. 그러니까 북쪽

[1] 여러 평자들이 지적하고 있듯이 이 작품은 『불한당들의 세계사』에 나오는 다른 작품들과는 이질적인 성격을 갖고 있다. 즉 이 작품집의 다른 모든 작품들은 기존해 있는 작품들(이야기들)에 대한 〈다시 읽기〉, 또는 〈다시 쓰기〉의 형태를 취하고 있는데 이 작품은 그러하지 않다. 물론 작품 안에 이야기를 들려주는 사람이 나옴으로써 다른 작품들과 마찬가지로 보르헤스는 편집자의 역할만을 하고 있는 것처럼 보이지만 그것은 일종의 지적 유희일 수도 있다.

[2] Enrique Amorim(1900-1960) : 우루과이 출신 작가이지만 작품 활동을 주로 아르헨티나에서 했기 때문에 아르헨티나 문학에 속하는 작가로 보르헤스와 인척관계이다. 도시 및 시골에 관한 작품들을 동시에 썼지만 평가를 받았던 작품들은 주로 시골 지역을 무대로 한 소설들이었다. 그는 후에 공산당에 가입할 만큼 문학적 정치 활동에 깊이 관여했다. 주요 작품으로 『길』, 『고향 친구 아길레르』, 『말과 그림자』 등이 있다.

지역인 과달루뻬 늪지대나 바떼리아 지역 말입니다. 내가 그와 마주친 것은 단 세 차례에 불과합니다. 그것도 단 하룻밤 사이에 그랬었지요. 그러나 그 밤은 결코 잊을 수 없는 그런 밤이었습니다. 왜냐하면 그날 밤 루하네라가 나의 집에 묵으러 왔고, 그리고 로센도 후아레스가 영영 아료요 마을을 떠났기 때문이지요. 물론 당신들로서는 그 이름을 기억하기에 나이가 어리지만 칼잡이 로센도 후아레스는 비야 산따 리따 지역에서 가장 거칠었던 패거리들 중의 하나였지요. 칼 재주가 비상한 그 친구는 모렐 패거리에 속해 있던 니꼴라스 빠레데스의 수하였지요. 그는 밤이 되면 윤락가에 값비싼 옷을 차려입고 가장 멋있는 모양새로 나타날 줄 아는 그런 멋쟁이였지요. 사람들과 개들까지도 그를 존경했고, 계집애들 또한 그러했지요. 그가 두 사람의 살해에 대한 책임이 있다는 것을 모르는 사람은 아무도 없었지요. 그는 기름이 반질반질한 길게 늘어뜨린 머리 위에 오똑하고 챙이 우아한 그런 참베르고[3] 모자를 쓰고 다녔지요. 누가 말한 것처럼 행운이 그의 뒤를 따라다녔던 거지요. 산따 리따 마을의 남자애들은 그가 침을 뱉는 모습까지 흉내를 냈지요. 그러던 어느 날 밤 우리는 그의 감추어진 참모습을 보게 된 거지요.

　마치 소설처럼 들릴지 모르지만, 어찌됐든 기이하기 그지없는 그날 밤의 이야기는 울긋불긋 색칠을 한 바퀴들을 가진 오만불손한 마차를 필두로 시작되었습니다. 지붕 위에까지 사람들로 가득 차 있던 그 마차는 벽돌 굴뚝들과 구덩이들이 득실한 험악한 동네의 샛길을 덜커덩거리며 달려오고 있었지요. 두 명의 깜둥이가 열렬하게 기타를 치며 사람들의 혼을 빼놓고 있었고, 마

3) 차양이 큰 모자 이름.

부는 흰 점박이 말의 앞을 가로지르는 똥개들에게 채찍을 내리
쳤지요. 그리고 그 사람들 한가운데는 수상쩍어 보이는 한 사람
이 침묵을 지키며 앉아 있었습니다. 그가 바로 그 유명한 〈새장
수〉라는 별명의 사내였지요. 그는 누군가와 한 판 붙고, 그리고
그를 죽이려고 가고 있었던 거지요. 밤은 축복과도 같은 신선한
공기로 가득 둘러싸여 있었지요. 마차에 타고 있는 사람들 중
두 명은 마치 은밀하게 해적선이 등장하는 것처럼 벗겨진 포장
위에 올라가 있더군요. 그것이 그날 있었던 많은 사건들 중 첫
번째 것이었지요. 그렇지만 우리는 금세 그것이 무엇을 의미하
는지 알게 되었지요. 우리들 남자들은 일찍부터 구아나 거리와
말도나도 거리 사이에 있는 훌리아의 술집에 가 있었지요. 훌리
아의 술집은 알루미늄 판으로 지은 일종의 오두막이었지요. 그
곳은 둥그렇게 요란한 색등들이 켜져 있고, 떠들썩한 소리 때문
에 멀리서도 분간을 할 수 있는 그런 곳이었지요. 훌리아의 술
집은 비록 겉모양은 형편없었지만 내부는 그럴 듯한 격식과 모
양을 갖추고 있던 곳이었습니다. 악사들과 좋은 술과 춤을 끝내
주는 여자들이 득실거렸으니까요. 그렇지만 여자들 중에서 로센
도의 애인이었던 루하네라는 한눈에 최고라는 게 금세 드러나는
그런 여자였지요. 그녀는 물론 이미 저 세상 사람이 됐지요. 그
녀에 대해 잊어버리고 산 지가 수년이 지났지만 그때는 이렇게
눈을 휘둥그렇게 뜨지 않고는 그녀를 쳐다볼 수가 없을 정도였
습니다. 그녀를 보고 나면 그날밤 나는 결코 잠을 이룰 수가 없
을 만큼 가슴이 달뜨곤 했지요.
　술과 밀롱가 춤[4]과 여자와 로센도의 친근한 욕지거리들. 나는

――――――――
4) 부에노스 아이레스나 몬떼비데오에서 유행하는 춤곡의 일종.

그가 나를 툭툭 치는 것까지도 우정의 표시로 받아들일 정도였습니다. 나는 그때 정말로 행복하다고 느꼈지요. 한 끈끈한 여자애가 마치 나의 속마음을 훤히 들여다보고 있는 듯 나를 툭 건드리더군요. 우리는 탱고춤 속으로 휩쓸려 들어갔지요. 탱고는 우리를 휘어잡았고, 우리의 혼을 빼놓았고, 우리를 제멋대로 뒤흔들어 놓았다가 다시 정신을 차리도록 만들어주곤 했지요. 모두가 마치 꿈 속에 있는 것처럼 그런 환락 속에 빠져 있었지요. 그런데 갑자기 음악이 커진 듯한 느낌이 들었다고나 할까. 왜냐하면 점점 가까워지고 있는 마차의 기타소리와 주점의 음악이 한데 뒤섞여 들렸기 때문이었죠. 잠시 후 기타소리를 실어다 준 미풍이 다른 곳으로 가버리자 다시 내 몸뚱이와 내 파트너의 몸뚱이가 눈에 들어오고, 그리고 사람들이 춤을 추며 나누는 대화가 귀에 들려오더군요. 한참 후 꽝 소리와 함께 문을 두들기는 위엄 섞인 목소리가 들려왔습니다. 곧 이어 보통 때의 그런 정적이 다가왔고, 거칠게 가슴으로 문을 열어젖히는 소리와 함께 그 사람이 안으로 들어왔지요. 그는 자신의 목소리와 비슷한 생김새를 가진 그런 사람이었어요.

그때까지도 우리는 그가 프란시스꼬 레알인 줄을 몰랐지요. 그는 키가 컸고, 몸집이 장대했습니다. 그는 온통 검은 빛깔의 옷을 입고 있었고, 어깨에는 사슴털 빛깔의 스카프를 매고 있었어요. 내 기억으로 그의 얼굴은 인디언 같았고, 사방에 뼈마디들이 울퉁불퉁 불거져 있었던 것 같았습니다.

그가 열고 들어오는 문에 내가 부딪혔지요. 나는 얼떨결에 그와 맞딱뜨리게 됐고, 오른손으로 조끼의 왼쪽 옆구리 옷깃 속에 숨겨둔 날카로운 단도를 꺼내면서 왼손으로 그를 막아세웠지요.

내가 조금 덤벙거렸다고나 할까요. 그는 몸을 바로세우기 위해 팔을 허우적거리면서 마치 장애물을 치워버리듯 나를 한쪽으로 밀쳐버리더군요. 나는 여전히 손을 웃저고리 속의 소용이 닿지 않는 무기 위에 찔러놓은 채 뒤로 밀려나 버렸지요. 그는 전혀 아무 일도 없었다는 듯 앞으로 걸어가더군요. 그는 양옆으로 물러서는 사람들의 그 누구보다도 키가 컸고, 마치 아무도 쳐다보지 않은 듯 앞만 보고 계속 가더군요. 앞에 있던 사람들 —— 이탈리아놈들 같은 구경꾼들5) —— 은 후다닥 부채처럼 양옆으로 물러나 길을 트더군요. 그러나 일이 그런 식으로 계속되지는 않았지요. 그 다음에 우르르 몰려 있던 사람들 뒤에는 〈영국놈〉이 그를 기다리고 있었지요. 그는 그 외지인의 손이 어깨에 닿기도 전에 이미 준비하고 있던 칼등으로 그에게 한 방을 먹였지요. 그것을 본 모두가 흥분해서 그에게 달려들었지요. 주점 안은 아주 넓었고, 사람들은 마치 예수처럼 그를 바로 앞에서 가슴으로 밀치고, 획획 휘파람을 불고, 침을 뱉으면서 몰고 갔지요. 마치 그에게 조정을 당하고 있는 듯 손바닥으로 밀치거나, 아프지 않는 스카프의 깃으로 때리는 것으로는 그를 저지하지 못함을 발견한 사람들은 우르르 그에게 주먹들을 날렸지요. 물론 마지막은 구석 벽에서 등을 돌린 채 입을 다물고 앉아 있는 로센도가 장식하도록 남겨둔 채 말입니다. 로센도는 마치 잠시 후 우리들이 똑똑히 보게 될 그런 정경을 미리 예견하고 있는 듯 불안스럽게 담배를 피우고 있었지요. 피투성이가 된 〈새장수〉는 야우를 퍼붓는 조무라기 떼들을 뒤에 거느린 채 똑바로 그의 앞까지

---

5) 아르헨티나에는 많은 이탈리아계 이민들이 있고, 이를 경멸하기 위해 쓴 말임.

떠밀려 갔지요. 로센도와 맞딱뜨리게 되자 피와 침으로 범벅이 된 그가 휘파람을 불며 입을 열더군요. 프란시스꼬 레알이 로센도를 바라보며 팔로 얼굴을 문질러 닦았고, 그리고 다음과 같이 말했지요.

「나는 북쪽 출신, 프란시스꼬 레알이다. 사람들이 〈새장수〉라고 부르는 프란시스꼬 레알 말이다. 내가 이 불쌍한 녀석들이 내게 손을 대도록 가만둔 것은 한 사람을 찾고 있기 때문이지. 몇몇 떠벌이들이 우리 동네에 와서 여기에 칼잡이라고 불리는, 칼솜씨와 성깔로 명성이 자자한 사람이 있다고 떠들고 다니더군. 난 그에게 한 수 배우고 싶어 이렇게 찾아왔다. 나는 별볼일 없는 사람이라 진짜 용기가 있고 멋있는 사내가 무엇인지를 가르쳐주었으면 하고 말이야」

그는 이렇게 말하면서 로센도에게서 부릅뜬 눈을 떼지 않았지요. 벌써 그의 오른손에는 단도가 빛을 발하고 있었지요. 아마 그는 그것을 소매 속에 숨겨온 게 틀림없었어요. 주변에서는 그를 밀쳤던 사람들이 늘어서서 깊은 침묵과 함께 둘을 바라보고 있었지요. 바이올린을 켜고 있던 장님 혹인 튀기의 얼굴까지도 그쪽 방향을 향하고 있었지요.

그때 나는 뒤편에서 웅성거리는 소리를 들었지요. 문가에 새장수의 패거리들인 듯한 예닐곱 명의 사내들이 나타난 거예요. 촌티가 철철 흐르고, 검게 그을리고, 반백의 콧수염을 가진, 그 중에서 가장 나이가 많이 들어보이는 사람이 수많은 여자들과 수많은 등들 때문에 눈이 부신 듯 앞으로 나오다 걸음을 멈추었고, 공손히 모자를 벗더군요. 나머지 사람들은 만일 결투가 정당하게 치뤄지지 않는다면 금세 뛰어들 자세를 취한 채 감시를 하더군요.

　로센도가 그 허풍쟁이를 짓뭉게 쫓아버리지 않고 무엇을 하고 있었냐구요? 놀라웁게도 그가 고개를 떨군 채 계속 입을 다물고 있는 게 아니겠어요. 그가 담배를 내뱉었는지 아니면 그것이 저절로 그의 얼굴에서 떨어졌는지 기억이 확실치 않군요. 마침내 그가 입을 열더군요. 그러나 너무 천천히 말했기 때문에 주점의 다른 쪽에 있던 사람들은 그가 한 말의 뜻을 알아들을 수가 없었지요. 프란시스꼬 레알은 다시 도전을 했고, 로센도는 그것을 거부한 거예요. 그러자 외지인들 중 가장 나이 어린 사내가 조롱의 휘파람을 불더군요. 루하네라가 증오에 찬 눈으로 그를 노려보더군요. 그녀가 가리마를 타 등뒤로 길게 늘어뜨린 머릿단을 휘둘러 틈바구니와 여자들 사이로 길을 만들더군요. 그리고 자신의 남자 앞으로 갔고, 그의 가슴 안에 손을 들이딜었고, 칼집에서 단도를 꺼냈고, 그리고 다음과 같이 말하면서 그것을 로센도에게 주었지요.

　「로센도, 당신은 이것이 필요할 거예요」

　지붕 꼭대기에는 냇가를 향해 뚫려 있는 일종의 긴 창문 같은 게 있었지요. 로센도는 두 손으로 칼을 받았고, 마치 처음 보는 물건이나 되는 것처럼 그것을 뚫어져라 들여다보는 것이었어요. 그리고 그는 갑자기 뒤로 돌아서며 벌떡 일어났고, 칼을 창군 밖으로 던져버리는 거였어요. 칼은 말도나다 거리 밖으로 사라져버렸지요. 나는 몸이 얼어붙는 것 같았어요.

　「구역질이 나서 너 같은 놈에게는 칼을 쓰고 싶지조차 않다」 상대가 말했고, 그를 갈기려는 듯 팔을 치켜들었지요. 그러자 루하네라가 그를 붙들었고, 팔로 그의 목을 감더군요. 그녀가 은근한 눈으로 그를 응시하며 분노에 찬 목소리로 말하더군요.

「이 작자를 내버려둬요. 자기가 무슨 진정한 사내인 것처럼 굴더니만」

프란시스꼬 레알은 잠깐 어리둥절해하는 것 같았고, 그리고 얼마 후 마치 영원히 그렇게 하는 듯 그녀를 껴안았고, 악사들에게 춤을 추게끔 탱고와 밀롱가와 다른 재미나는 곡들을 연주하라고 소리치더군요. 무도곡이 마치 불길처럼 한 사람 한 사람에게 번져갔지요. 레알은 아주 둔중하게 춤을 췄지만 이미 힘들이지 않고 그녀를 정복해 가고 있었어요. 둘이 문 가까이에 이르렀고 그가 소리를 치더군요.

「자, 문을 열라구, 신사분들. 나한테 홀딱 빠진 이 여자를 데려가야겠으니 말이오」

그는 말했고, 둘은 이마와 이마를 맞댄 채 마치 탱고의 거대한 음률 속에 처박힌 듯, 마치 탱고가 자신들을 삼켜버린 듯한 그런 모양을 하고 밖으로 나갔지요.

수치감에 나의 얼굴은 벌겋게 달아올라 있었지요. 나는 어떤 여자와 몇 바퀴를 돌았고, 갑자기 우뚝 그녀를 멈추어 세웠지요. 나는 무더위와 갑갑함 때문이라고 핑계를 댔고, 벽을 따라 슬슬 바깥으로 나왔지요. 도대체 누구를 위해 그토록 밤이 아름다운지? 길 모퉁이를 돌자 거기에 마차가 있더군요. 마차의 의자에는 마치 사람들이 앉아 있는 것처럼 두 개의 기타가 세워져 있더군요. 마치 더 이상 우리에게 축제의 도구로 사용되지 않을 것처럼 내버려져 있는 기타를 보자 쓰디쓴 고통이 가슴 안에 밀려들어오더군요. 우리들이 아무것도 아닌 무력한 존재들에 불과하다는 생각이 들자 분노가 치밀어 오르구요. 나는 귀 뒤에 꽂혀 있는 카네이션을 잡아뜯어 웅덩이에 내동댕이쳤지요. 나는 넋을 잃은 채 한참 동안 그것을 바라보고 있었지요. 나는 이미 다음날이 되어 있기를 바랐고, 마음은 어서 그 밤으로부터 탈출해 버리고 싶은 간절함으로 가득 차 있었지요. 그때 마치 위로와도같이 누군가의 팔꿈치가 나를 쿡 찌르는 것이었어요. 그는 홀로 마을을 도망치고 있던 로센도였어요.

「너는 항상 걸리적거리기만 한다니까, 이 머저리 새끼야」 그는 자신의 도망가는 꼴을 변명하기 위해서였는지, 아니면 다른 이유가 있어서 그랬는지는 알 수 없지만 내 앞을 지나가면서 그렇게 투덜거리더군요. 그는 가장 깜깜한 길인 말도나도 거리를 따라 사라져 가더군요. 나는 그 후로 다시는 그를 볼 수 없게 되었지요.

나는 살아오면서 늘 보아왔던 것들을 바라보며 서 있었지요. 광활한 하늘, 저 아래에서 혼자 부아를 돋구고 있는 개울, 잠들어 있는 말 한 마리, 흙길, 아궁이들. 나는 나 자신이 물가의 두꺼비풀들과 해골들 사이에서 자라고 있는 잡초에 불과하다는 생각을 했지요. 이 쓰레기들로부터 처벌을 두려워하고 단지 입만 살아 있고, 허둥대기 일쑤인 떠벌이에 불과한 우리들 말고 무엇이 나온다 말인가? 잠시 후 나는 그렇지 않다는 생각에 사로잡히게 됐지요. 동네가 형편없으면 없을수록 그곳을 멋진 곳으로 바꿔놓아야 한다는 의무가 있다는 그런 생각이 든 거죠. 쓰레기라구? 밀롱가 춤곡은 절절이도 울려퍼지고 있었지요. 집집마다 야단법석으로 시끌벅쩍하게 떠들어대고 있었구요. 바람은 인동덩굴 향내를 실어오고 있었구요. 밤은 허망할 정도로 아름다웠구요. 마치 자신들을 바라보며 흠뻑 취해 보라는 듯 세상은 셀 수 없이 뒤엉켜 있는 수많은 별들로 가득 차 있더군요. 나는 이 사건과 아무런 연관도 없다고 자위하려고 했지요. 그렇지만 로센도의 비겁한 행동과 그에 반해 너무도 당당했던 외지인의 모습이 떠오르자 치가 떨리는 거예요. 그 키가 큰 작자에게는 그날 밤을 위해 한 여자까지도 예비되어 있었던 거지요. 나는 그에게 그날 밤, 아니 앞으로의 많은 밤을 위해 그러할 것이라는 생각이 들었습니다. 아니 어쩌면 모든 밤을 위해 그러할 것이라는 생각이 들었습니다. 왜냐하면 루하네라는 내게 있어 심각한 문제였으니까요. 그들이 어디로 갔었는지는 하느님만이 아시겠지요. 아주 멀리 가지는 않았었겠지요. 아마 벌써 어디선가 서로 몸을 섞고 있었는지도 모를 일이었지요.

내가 간신히 몸을 추스르고 돌아왔을 때 주점 안에서는 아까와 같은 그런 춤판이 계속되고 있었지요.

나는 몸을 웅크린 채 사람들 틈으로 끼여 들었지요. 우리 동네 패거리들 중의 몇몇은 풀이 죽은 채 구석에 쭈그리고 앉아 있고, 북쪽 패거리들은 나머지 사람들과 함께 탱고를 추고 있는 게 눈에 들어오더군요. 서로 팔꿈치로 찌르거나 몸이 부딪히지는 않았지만 불안한 기운이 감돌고 있었고, 서로 억지 예의를 지키고 있더군요. 음악은 맥이 빠져 있었고, 북쪽 패거리들과 탱고를 추고 있는 여자들은 입을 꼭 다물고 있더군요.

나는 무엇인가를 기다렸지요. 그러나 실제로 일어난 것은 내가 기다렸던 그런 것이 아니었지요.

우리들은 밖에서 들려오는 한 여자의 울음소리를 들었지요. 뒤이어 우리는 이미 알고 있는 목소리지만 약해서, 너무 약해서 그 사람의 목소리 같지 않은 어떤 목소리를 들었지요. 그 목소리가 여자에게 말하고 있었지요.

「들어가, 이 계집애야」그리고 또다시 울음소리가 들려오더군요. 이어 거의 절망에 빠진 목소리가 들려왔어요.

「문을 열라고 했잖아. 열라구, 이 쌍년아. 열라니까, 이 가 같은 년아! 」그러자 문이 바들바들 떨며 열렸고, 루하네라가 혼자서 들어오더군요. 마치 무엇인가가 뒤에서 그녀를 조종하고 있는 듯 그녀가 억지로 떠밀려 들어왔어요.

「유령이 그녀에게 명령을 하고 있나」영국인이 그렇게 말했지요.

「죽은 자가 그렇게 하고 있는 거라네, 친구」모습을 드러낸 새장수가 그렇게 말하더군요. 그의 얼굴은 마치 술 취한 사람 같았어요. 그는 안으로 들어왔고, 처음 왔을 때처럼 모두가 길을 비켜주자 몇 발자국 걸음을 옮기더군요. 우뚝한 큰 키로 시선은 그 어느 곳에도 두지 않은 채 말입니다. 그러고는 마치 서까래가 무너지듯 바닥에 털썩 주저앉더군요. 그와 함께 왔던 사람들 중의 하나가 그를 바닥에 눕혔고, 판초를 둘둘 말아 그의 머리 뒤에 대주더군요. 그때서야 우리들은 그가 가슴에 심한 상처를 입고 있는 것을 보게 되었지요. 선혈이 흠뻑 그를 뒤덮고 있었고, 길게 늘어뜨린 스카프 때문에 처음에는 보지 못했던 진홍색 셔츠는 흘린 피가 굳어 검은 빛깔로 변색되어 있더군요. 어떤 여자가 응급처치로 상처에 술을 적신 천을 가져다 댔지요. 그는 자초지종을 설명할 힘조차 남아 있지 않은 것 같았어요. 루하네라는 두 팔을 축 늘어뜨린 채 넋을 잃고 그를 바라보고 있었지요. 우리는 얼떨떨한 얼굴로 서로를 쳐다보았고, 그녀가 간신히 입을 열었지요. 그녀는 새장수와 함께 밖으로 나간 후

들판으로 갔는데 한 낯선 사람을 만났고, 그가 미친 듯 싸움을 걸어왔고, 그에게 칼침을 놓았다고 하더군요. 그녀는 맹세하건 대 그가 누구인지는 모르지만 로센도는 아니라고 말하더군요. 누가 그녀의 말을 믿으려 했겠어요?

그는 우리들 발 아래에서 죽어가고 있었지요. 나는 사람들이 그를 바닥에 눕혔을 때 이미 맥이 끊겼으리라 생각했지요. 그 러나 그는 끈질긴 작자였지요. 그가 문을 두들겼을 때 주점의 주인인 훌리아는 마떼 차를 끓이고 있었던 참이었지요. 마떼 차 가 한 순배 돌고 나서 내 차례까지 왔을 때도 그는 아직 숨이 넘어가지 않고 있었어요. 「내 얼굴을 가려주게」 더 이상 견디기 힘들게 되자 그가 느릿느릿 그렇게 말하더군요. 이제 그에게 남 아 있는 것은 자존심뿐이었던 거죠. 그는 고통으로 일그러진 자 신의 얼굴을 사람들이 홀끔거리는 것을 용납할 수가 없었던 거 죠. 누군가가 그의 얼굴을 통이 높은 검은 참베르고 모자로 가 려주었지요. 그는 신음소리 하나 내지 않고 모자 아래에서 숨을 거두었지요. 반듯하게 눕혀진 그의 가슴이 헐떡거림을 멈추었을 때에야 비로소 사람들은 그의 얼굴에서 모자를 벗겨낼 수 있었 지요. 그 역시도 다른 주검들에서 엿보이는 그런 지친 표정을 하고 있더군요. 그는 그 당시 바떼리아 지방으로부터 시작해 남 쪽 지역에 이르기까지 가장 드센 자였지요. 그가 죽은 것을 알 게 되자 나는 그에 대한 증오심이 사라지는 것을 느꼈지요.

「인생이라는 게 죽기 위해 사는 거지」한 여자가 말했고, 다 른 한 여자도 뒤따라 침통한 어조로 입을 열었지요.

「그토록 당당하더니만 이제 파리밥밖에 안 되다니」

순간 북쪽 지역 패거리들이 귀엣말을 나누는 게 눈에 띄더군요. 그리고 그 중 두 사람이 동시에 큰소리로 외치더군요.

「이 여자가 그를 죽였어」

그 중 한 녀석은 그녀의 면전에 대고 소리를 질렀지요. 모두가 그녀에게로 다가갔지요. 나는 신중을 기해야 한다는 것조차 잊어버린 채 빛살처럼 그들 앞을 가로막았지요. 허겁지겁 정신없이 말입니다. 한꺼번에 말을 쏟아내지 않기 위해서인 듯 모두가 나를 쳐다보더군요. 나는 의뭉스럽게 말했지요.

「이 여자의 손을 좀 보시오. 도대체 이 손 어디에 칼로 찌를 힘이 들어 있겠는지」

나는 반쯤 흥분을 가라앉힌 채 덧붙였지요.

「자신의 동네에서 악명이 자자했던 이 고인이 이런 식으로 참혹하게 끝장이 날 줄 누가 상상이나 했겠소? 더구나 우리 동네처럼 죽은 듯 아무 일도 일어나지 않는 동네에서 말이에요. 만일 외지인이 우리들 눈을 속이고, 저 여자에게 뒤집어씌우지 않은 다음에는 말이에요」

그치는 누구에게도 공격을 하라고 소리치지 않더군요.

그때 정적 속에서 점점 뚜렷해지는 말발굽들 소리가 들려오더군요. 경찰이었지요. 당연히 아무도 말썽에 휘말려 들고 싶지 않은 것 같았어요. 왜냐하면 모두가 죽은 자를 개울에 떠내려 보내는 게 좋다는 결론을 내렸으니까요. 선생, 아마 반짝 빛을 발하며 단도가 날라갔던 그 긴 창문을 기억할 겁니다. 잠시 후 그곳을 통해 우리는 죽은 자를 내보냈지요. 여러 사람들이 그를 들어올렸고, 동전이 됐든 전혀 값어치가 없는 물건이 됐든 모두 끄집어내 시체를 가볍게 만들었지요. 어떤 치는 반지를 꼴깍하기 위해 손가락을 잘라냈지요. 여러분, 그 망나니 새끼들은 다른 어떤 사람들보다 남자다운 사람이 그를 작살내 놓은 뒤에야 무방비 상태에 놓여 있는 시체에 벌떼처럼 달려들었던 거에요. 시체를 내던졌고, 고뇌에 찬 급류는 그를 싣고 가버렸지요. 보지 않았기 때문에 잘은 모르겠지만 놈들은 아마 시체가 뜨지 않도록 하기 위해 그의 내장까지 도려냈는지도 모르죠. 회색 콧수염을 기른 작자는 내게서 눈을 떼놓지 않고 있더군요. 그 틈을 타고 루하네라는 종적을 감추어버렸더군요.

짭새들이 왔다간 후 춤판은 상당히 열기를 회복했지요. 장님 바이올린 연주자는 이제 더 이상 듣기 힘든 그런 아바네라 춤곡들을 연주할 줄 알았지요. 밖에서는 여명이 꿈틀거리고 있었어요. 언덕 위의 난두바이 나무[6] 말뚝들은 삐뚤빼뚤 제멋대로 흩어져 있는 것처럼 보이더군요. 왜냐하면 거기에 묶여 있는 미세한 철사줄들이 그렇게 이른 시각에는 눈에 띄지 않기 때문이었죠.

나는 담담히 약 세 블럭 떨어져 있는 내 오두막을 향했지요. 나는 내 집의 창가에서 어른거리다가 금세 꺼지는 작은 불빛을 보았지요. 나는 섬뜩한 예감에 사로잡혔고, 집을 향해 서둘러 발걸음을 옮겼지요. 그래서, 보르헤스 씨, 나는 늘 여기 이 조끼의 왼쪽 겨드랑이 밑에 넣고 다니던 작고 날카로운 단도를 다시 꺼냈지요. 그리고 나는 그것을 다시 한 차례 천천히 살펴보았지요. 그것은 마치 순진무구한 새 칼 같았어요. 그리고 거기에는 피 한 방울 묻어 있지 않았었지요.

---

6) 목장의 울타리를 칠 때 쓰는 목재.

기타 등등[1]

네스또르 이바라[2]에게

죽어서의 한 신학자

멜란치톤이 죽고 나서 천사들이 내게 〈그가 다른 세계에서 지구에서 가졌던 것과 환상적으로 똑같은 집 하나를 가지게 되었다〉고 알려왔다. (최근 〈영원〉 속에 도달한 거의 모든 사람들에게는 이와 똑같은 일이 일어나고, 그래서 사람들은 자신들이 죽은 게 아니라고 믿게 된다.) 집 안의 물건들도 똑같았다. 탁자, 서랍들이 달린 책상, 서고. 멜란치톤은 이 집에서 잠으로부터 깨어나자마자 마치 송장이 아닌 것처럼 자신의 저술 작업을 다

---

1) 이 작품은 보르헤스의 첫번째 소설집 『불한당들의 세계사 *La historia de la infamia*』의 마지막에 나오는 작품이다. 이 작품의 제목 「기타 등등」은 상징적 의미를 가지고 있는 것이 아니라, 이 작품집에 나오는 작품들과는 달리 하나의 이야기가 아닌 여러 이야기들을, 그리고 대체적으로 길이가 짧은 이야기들을 한꺼번에 모아놓았기 때문에 붙인 것이다.

2) Néstor Ibarra(1908- ?) : 스페인/라틴아메리카 전위문학의 한 지파인 울뜨라이스모(최후파) 시절의 보르헤스 친구. 그는 최초의 보르헤스 번역가들 중의 한 사람이며, 그에 관한 평론, 인터뷰 등을 발표했다.

시 시작했다. 그는 며칠 동안 〈신앙〉의 정당성에 관한 글을 썼다. 그는 습관대로 〈자비〉에 관해서는 단 한마디도 언급하지 않았다. 천사들은 그의 이러한 생략을 간파했고, 그것을 탐문하기 위해 사람들을 보냈다. 멜란치톤이 그들에게 말했다.

「나는 그 누가 반론을 제기할 수 없을 정도로 영혼은 자비로부터 벗어나 홀로 설 수 있고, 천국에 가기 위해서는 신앙만으로 충분하다는 것을 증명했었소」

그는 그들에게 이러한 것들을 오만한 태도로 말했다. 그는 이미 자신이 죽었고, 자신이 있는 곳이 천국이 아니라는 점을 모르고 있었다. 이 말을 전해 들은 천사들은 그를 돌보지 않은 채 내팽개쳐 버렸다.

몇 주가 지나지 않아 의자, 탁자, 종이뭉치, 그리고 잉크병을 제외한 다른 가구들이 눈에 보이지 않게끔 되는 유령 현상들이 나타나기 시작했다. 게다가, 방의 벽들은 석회, 마룻바닥은 노란 칠의 얼룩들로 뒤덮여졌다. 그가 전부터 입고 있던 옷은 이미 누더기가 되어 있었다. 그럼에도 불구하고, 그는 집필을 계속했다. 그러자 천사들은 그가 자비에 대해 계속 부정적인 태도를 견지했기 때문에 그를 그와 비슷한 생각을 가진 신학자들이 있는 지하 감방에 가두어버렸다. 거기에 갇힌 채 며칠을 보낸 그는 자신의 논지에 대해 의문이 들기 시작했다. 그래서 천사들은 그를 다시 원래의 곳으로 되돌려보내 주었다. 그의 옷은 때가 묻지 않은 가죽옷으로 변해 있었다. 그러나 그는 얼마 전에 일어났던 일이 단순한 환영에 불과하다고 생각하려고 했고, 〈신앙〉을 찬양하고 〈자비〉를 깎아내리는 일을 여전히 계속했다. 어느 날 저녁 그는 추위를 느꼈다. 그래서 그는 집 안으로 달려들어갔다. 불현듯 그는 나머지 방들이 지상에서 자신이 가지고 있었던 집의 방들과 일치하지 않는다는 것을 발견했다. 어떤 방은 전혀 알지 못하는 기구들로 가득 차 있었다. 또 다른 방은 너무 줄어들어 있어 들어가기조차 불가능했다. 다른 방은 변하지는 않았지만 그것의 창과 문은 거대한 모래언덕을 향해 나 있었다. 가장 안쪽에 있는 방은 그를 찬양하고, 그처럼 지혜로운 신학자는 없다는 말을 끝없이 외치는 사람들로 가득 차 있었다. 그들의 숭배는 그를 즐겁게 해주었지만, 그들 중의 어떤 사람은 얼굴이 없었고, 또 다른 사람들은 죽은 사람들처럼 보였다. 그는 곧 그들에 대해 진저리가 나고, 그들의 말을 믿지 않게 되었다. 그래서 그는 자비를 찬양하는 글을 쓰기로 마음을 먹었다. 그러나 오늘 썼던 페이지는 다음날이 되면 모두 지워진 백지로 나타나는 것이었다. 그러한 일이 일어난 것은 그가 내적 인식 없이 〈자비〉 대신 〈신앙〉을 찬양하는 글을 썼기 때문이었다.

그는 최근에 죽은 많은 사람들의 방문을 받았다. 그는 그처럼 더러운 숙소에서 자신의 모습을 드러내는 것에 대해 수치심을 느꼈다. 그래서 그는 방문자들로 하여금 천국에 있다고 믿게끔 하기 위해 집 안쪽에 있는 방의 한 마법사를 불러들였다. 그 마법사는 환영들과 고요함을 이용해 방문객들을 속였다. 방문자들이 떠나자마자 가난과 회벽이, 이따금은 그들이 떠나기도 전에 조금 먼저 나타나곤 했다.

멜란치톤에 관한 마지막 소식은 그 마법사와 얼굴이 없는 사람들 중 하나가 그를 모래언덕으로 데려갔고, 이제 마귀들의 하인으로 살고 있다는 것을 들려준다.

—— 엠마누엘 스웨덴보리,[3] 『천국의 비밀 *Arcana Coelestia*』

동상들의 왕실

옛날 안달루시아[4] 왕국에는 역대 왕들이 살았던, 레브띠뜨, 또는 세우따, 또는 하엔이라고 불리던 한 도시가 있었다. 이 도시에는 단단한 성벽으로 둘러싸인 성이 하나 있었다. 두 개의 문짝으로 된 이 성의 문은 들어가거나 나가기 위해서가 아니라 항상 닫혀져 있기 위해 존재하고 있었다. 한 왕이 죽으면 다른 왕이 새로운 후계자로 그 높은 권좌를 이어받을 때마다 직접 문에 새로운 자물쇠를 하나 첨가시켰다. 그리고 그렇게 각 왕에 의해 하나씩 채워진 자물쇠의 수는 도합 스물네 개에 이르게 되었다. 그때 왕가의 혈통을 이어받지 않은 한 반도가 권좌를 점령하는 일이 일어났다. 그리고 그는 자물쇠 하나를 더하는 대신 그 성 안에 있는 내용물들을 들여다보기 위해 전에 있던 스물네 개의 자물쇠들을 열어보고 싶어했다. 대신과 족장들은 그에게 그러한 일을 해서는 안 된다고 간언했다. 그들은 쇠로 만든 열쇠 꾸러미를 숨겨버렸고, 스물네 개의 자물쇠를 여는 것보다 한 개의 자물쇠를 더하는 것이 더 쉬운 일이 아니겠느냐고 조언했다. 그러나 그는 형언할 길 없는 간교함과 함께 전과 똑같은 말을 반복할 뿐이었다.

「나는 이 성 안에 들어 있는 것들을 보고 싶다」

그래서 대신과 족장들은 목축떼가 됐건, 기독교도들의 우상이 됐건, 은으로 됐건 금으로 됐건 모을 수 있는 가능한 모든 재물

---

3) Emanuel Swedenborg(1688-1772) : 스웨덴 출신의 견신론자(見神論者)이자 신을 볼 수 있다는 일종의 심령학자로서 신비론적 종교의 창시자. 현재 영국과 미국에 많은 추종자들이 있다고 보고되고 있다.

4) Andalucia : 스페인 남쪽에 위치한 아프리카와 인접해 있는 지방의 이름.

을 모아 그에게 바쳤다. 그러나 그는 포기하지 않았고, 기어코
자신의 오른손으로(영원히 불에 탈) 그 문을 열었다. 안에는 철
과 목재로 만든 여러 아랍인들의 형상들이 세워져 있었다. 그들
은 등뒤로 꼬리가 물결을 치는 터번을 쓰고 있었고, 가죽 칼집
에 반월도를 꽂고 오른손에는 직선으로 뻗은 창을 든 채 날렵한
낙타와 말들 위에 타고 있었다. 바닥에 길게 그림자를 늘어뜨리
고 있는 그 모든 형상들은 위풍이 당당했다. 그리고 그들의 그
러한 형상은 소경조차도 단 한번 만져보는 것만으로도 알아차릴
수 있을 정도였다. 말의 앞발들은 바닥에 닿아 있지 않고, 마치
실제로 말이 뒷발로 일어선 것처럼 허공에 들린 채 머물러 있었
다. 그 출중한 형상들은 왕에게 거대한 공포감을 불러일으켰다.
단 하나의 목소리나 나팔소리도 들려오지 않는데 모두 한 쪽 방
향인 서쪽을 바라보고 있는 그 형상들이 드러내고 있는 그 출중
한 정렬감과 정적조차도 역시 공포감을 불러일으켰다. 이것들은
성의 첫번째 방 안에 있었다.

　두번째 방에는 세계에 단 하나밖에 없는 에메랄드로 세공한
다윗의 아들 솔로몬[5] —— 그 두 사람에게 구원이 있기를 —— 의
탁자가 있었다. 알려진 대로 그것의 색깔은 녹색이었고, 그리그
그것이 은밀하게 드러내고 있는 특징들은 말로써 표현하기 어려
울 정도로 독창적이었다. 왜냐하면 그것은 태풍을 가라앉히고,
그것을 가진 자의 순결을 유지시켜 주고, 질병과 사악한 무리들
을 쫓아버리고, 소송을 정당히 판결하고, 신생아들에게는 거대

---

5) 다윗은 사울의 뒤를 이어 이스라엘의 왕이 된 시인이자 예언자(기원전
　1015?-975?). 솔로몬은 다윗의 아들로 그에 이어 기원전 975년부터 931년
　까지 이스라엘을 통치한 왕.

한 구원을 의미하기 때문이었다.[6]

세번째 방에는 두 권의 책이 있었다. 한 권은 검은색이었다. 그것에는 기적과 생명을 주는 금속들의 효능과 함께 독약과 해독제를 만드는 법이 적혀 있었다. 다른 책은 흰색이었다. 그런데 그것에 쓰인 글자들은 뚜렷했으나 그것들의 뜻은 해독할 수가 없었다.

네번째 방에서는 세계지도가 발견되었다. 거기에는 하나하나의 확실한 이름, 그리고 정확한 형태 묘사와 함께 왕국들, 도시들, 바다들, 성들, 위험물들이 표시되어 있었다.

다섯번째 방에서 그들은 다윗의 아들, 솔로몬——그 두 사람에게 용서가 있기를——의 작품인 원형의 거울을 발견했다. 그것은 매우 값비싼 것이었다. 왜냐하면 그것은 여러 가지 보석들로 만들어졌고, 그것의 거울에 자신을 비춰보는 사람은 첫 인간인 아담의 시대로부터 마지막 나팔소리를 듣게 되는 사람들[7]의 시대에 이르기까지 모든 자신의 조상들과 후손들을 볼 수 있었기 때문이었다.

여섯번째 방은 연금술에 쓰이는 정제들로 가득 차 있었다. 그 정제는 단 1아다르메[8]만을 가지고서도 3천 온스의 은을 3천 온스의 금으로 바꿀 수 있었다.

일곱번째 방은 그들에게 텅 비어 있는 것처럼 보였다. 그리고

6) 이 부분은 서로 자신의 아이라고 주장하는 두 여인에게, 그렇다면 아이를 반씩 갈라 가지라는 판결로 진짜 어머니를 가려낸 솔로몬 왕의 지혜에 관한 성경 이야기를 비유적으로 말하고 있다.

7) 요한계시록에 나오는 최후의 심판이 닥치면 들려오는 나팔소리들을 가리킴. 마지막 인류를 뜻함.

8) 옛 중량 단위. 1.75그램.

너무 길어 가장 뛰어난 궁병조차도 문에서 활을 쏘아 그 방의 끝에 있는 벽을 맞힐 수가 없을 정도였다. 그들은 방 끝의 벽에 새겨져 있는 무시무시한 명문을 보았다. 왕은 면밀히 그것을 조사한 끝에 그 뜻을 해독할 수 있었다. 거기에는 이렇게 씌어 있었다.

「만일 누군가가 이 성의 문을 연다면 입구의 금속으로 된 전사들과 똑같은 살아 있는 전사들이 이 왕국을 정복하리라」

이러한 일들은 헤지라력[9] 89년에 일어났다. 그가 성의 끝에 닿기도 전에 타릭[10]은 이 성채를 손아귀에 넣었고, 그 왕을 패망시켰다. 타릭은 그의 궁녀들과 자식들을 팔아넘겼고, 그의 왕국을 폐허로 만들어버렸다. 이렇게 아랍인들이 무화과나무와 결코 물이 마르지 않는 관개용수를 이용한 목초지를 만드는 기술을 가지고 안달루시아 왕국을 거쳐 사방으로 세력을 확장했다.[11] 보물들에 관해서는 사이드의 아들 타릭이 그것들을 그들의 지배자인 칼리프[12]에게 보냈고, 칼리프는 그것들을 한 피라

---

9) 마호메트가 메카에서 메디나로 탈출한 622년 7월 16일부터 시작되는 이슬람교의 연력.

10) Tarik : 처음으로 스페인을 침공했던 아랍의 장군. 711년 지금의 스페인인 이베리아 반도를 침공, 비시고도족의 왕이었던 돈 로드리고를 패망시킴. 따라서 보르헤스는 이 이야기의 모태가 되는 『천일야화』 272화를 바탕으로 아랍의 스페인 침공 과정을 신화적으로 재구성하고 있다.

11) 이것은 아랍인들에 의해 스페인에 최초로 무화과나무가 전래되었음을 말해 준다. 또한 아랍인들을 그때 이미 관개용수의 기술을 이용한 목장을 만들 정도로 문명이 발달되어 있었음 또한 말해 주고 있다. 아랍인들은 가장 인접해 있는 안달루시아에 그라나다, 코르도바, 세비야, 하엔 같은 식민 왕국들을 건설하며 이베리아 반도(현 스페인)의 많은 지역들을 점령해 나가기 시작했다.

12) 회교 국가의 왕을 뜻함.

미드 속에 보관했다고 세상에 알려져 있다.

——『천일야화』, 제272번째 밤

꿈을 꾸었던 두 사람에 관한 이야기

아랍의 역사가 엘 이사끼는 이 사건에 대해 다음과 같이 적고 있다.

신앙이 돈독한 사람들은(그러나 단지 알라[13])만이 전지전능하고, 자비롭고, 잠을 자지 않는다) 다음의 이야기를 들려준다.

카이로에 재물을 많이 가진 어떤 사람이 살고 있었다. 그러나 그는 지나치게 성격이 괄괄하고 호탕해서 아버지가 물려준 집을 제외한 모든 재산을 날려버리게 되었다. 그래서 그는 끼니를 때우기 위해 일을 해야 하는 자신을 보게 되었다. 어느 날 밤 그는 일에 지쳐 정원에 있는 무화과나무 아래에서 잠이 들게 되었다. 그는 한 남자가 입에서 금화 하나를 꺼내는 꿈을 꾸었다. 꿈 속의 남자가 그에게 말했다.

「당신의 행운은 페르시아의 이스파한[14]에 있소. 그것을 찾으러 가도록 하시오」

다음날 새벽 잠에서 깨어난 그는 긴 여행의 길을 떠났다. 그는 사막, 바다, 해적들, 이교도들, 강, 맹수들, 그리고 사람들이 주는 위험들과 마주쳤다. 그는 마침내 이스파한에 도착했다. 그러나 그는 이 도시의 경계 지역에서 갑자기 밤을 맞게 되었

---

13) 아랍어로 신이라는 뜻으로 마호메트 교도들이 자신들의 신에게 부여한 이름.
14) 페르시아, 그러니까 지금의 이란에 있는 지역 이름.

고, 잠을 자려고 한 회교 사원의 뜰에 몸을 뉘었다. 그 회교 사
원 옆에는 집이 한 채 있었고, 전능한 신의 섭리에 따라 도둑
한 무리가 회교 사원을 가로질러 그 집 안으로 침투해 들어갔
다. 잠을 자고 있던 사람들은 도둑들의 난장질에 깨어났고, 비
명을 지르며 도움을 청했다. 이웃 사람들 또한 고함을 질러댔
다. 마침내 그 지역의 야간 순찰대 대장이 부하들을 데리고 그
들을 구하러 달려왔고, 도둑들은 발코니를 통해 도망가 버렸다.
순찰대장은 사원을 샅샅이 수색하도록 지시했다. 그의 부하들은
거기에서 카이로에서 온 그 남자를 발견했다. 그들은 그를 대나
무 막대기를 가지고 거의 시체가 될 정도로 두들겨 팼다. 이틀
이 지나서야 그는 감방에서 의식을 회복했다. 대장이 그를 데려
오도록 했고, 그리고 심문을 했다.

「넌 누구며 어느 나라에서 온 작자냐?」

죄수가 밝혔다.

「제 이름은 모하메드 엘 마그레비이고 카이로라는 그 유명한
도시에서 왔습니다」

대장이 그에게 물었다.

「여기에 온 연유가 무엇이냐?」

그는 진실을 말하기로 마음먹었다. 그리고 말했다.

「꿈 속에서 한 남자가 이스파한에 가라고 시켰기 때문입니다.
여기에 제 행운이 있다고 하면서 말입니다. 그런데 저는 이스파
한에 와 있고, 그가 약속한 그 행운이라는 게 바로 당신이 그토
록 자비롭게 내게 내린 매질이었던 것 같습니다」

이 얘기를 들은 대장은 박장대소를 했다. 그가 이렇게 말하면
서 간신히 웃음을 멈췄다.

「경망스럽고 어리숙한 친구여. 나도 세 차례나 카이로 시에 있는 한 집의 꿈을 꾼 적이 있었지. 그 집에는 안쪽에 정원이 있고, 정원에는 해시계가 하나 있고, 해시계 뒤에는 무화과나무 한 그루가 있었지. 무화과나무 뒤에는 우물이 하나 있었지. 바로 그 우물 아래에 보물이 있었지. 그러나 나는 그런 허깨비에 대해 그 어떤 기대 같은 것을 하지 않았지. 그런데 당나귀가 악마와 교접하여 난 새끼 같은 너는 단지 꿈만 믿고 이 도시 저 도시를 헤매고 다닌 거야. 다시는 이스파한에서 얼씬거리지 말도록. 노자돈을 줄 테니 이것을 가지고 어서 꺼지도록 해」

그는 대장이 준 돈을 받아들고 자신의 나라로 돌아왔다. 자신의 정원 우물(대장이 꿈에서 보았던) 아래에서 그는 보물을 캐냈다. 이처럼 신은 그에게 축복을 내렸고, 그에게 보상을 받도록 했고, 그리고 그를 치하했다. 신은 자비롭고, 오묘한 존재이니라.

──『천일야화』, 제351째 밤에서

초고속 승진을 시킨 마술

산띠아고[15]에 마술을 배우고 싶어 안달이 난 한 주임신부가 있었다. 그는 이얀 데 똘레도 씨라는 사람이 그 누구보다도 그것을 잘 알고 있다는 소리를 들었다. 그는 그를 찾아 똘레도[16]

---

15) 스페인에 있는 도시 이름.
16) 스페인의 도시 이름. 앞의 돈 이얀 데 똘레도라는 이름에서 볼 수 있듯 스페인 이름에는 출신 지명이 붙어 있는 이름들이 많다. 예를 들어 돈키호테 데 라 만차에서 라 만차 또한 지역의 이름이다.

로 갔다.

똘레도에 도착하자마자 그는 이얀 씨의 집을 찾았다. 그는 별실에서 책을 읽고 있는 이얀 씨에게 안내되었다. 이얀 씨는 다정하게 그를 맞으며 자신을 방문한 이유에 대해서는 식사를 한 후에 들려달라고 말했다. 아주 정결한 숙소로 주임신부를 안내한 그는 그의 방문을 진심으로 환영한다고 말했다. 식사를 마친 후 주임신부는 그에게 자신이 방문한 이유를 말했다. 그리고 이얀 씨에게 마술학에 대해 가르쳐달라고 청했다. 이얀 씨는 그에게 당신이 좋은 직책과 전도양양한 미래를 가진 주임신부라는 것을 알지만 나중에 자신에 대해 잊어버리지나 않을까 우려된다고 말했다. 주임신부는 절대 은혜를 잊지 않겠고, 언제든지 무엇이 됐건 간에 그의 부탁을 들어주겠다고 약속하고 맹세를 했다. 서로 합의가 이루어졌다. 그러자 이얀 씨는 마술이란 단지 외따로 떨어진 장소에서만 배울 수 있는 것이라고 말하며 그의 손을 붙들고 그를 옆방으로 데려갔다. 그 방바닥에는 거대한 쇠고리 하나가 놓여 있었다. 먼저 이얀 씨는 하녀에게 저녁식사로 메추리 요리를 먹었으면 싶으나 자신이 지시를 내릴 때까지 그것을 굽지 마라고 지시했다. 둘은 그 쇠고리를 들어올렸다. 그 아래에는 아주 잘 다듬어진 돌계단이 나 있었다. 주임신부는 돌계단을 따라 따호 강[17]의 강바닥이 자신들의 머리 위에 있는 게 아닌가 생각될 정도로 아주 깊은 곳까지 내려갔다. 계단의 끝에는 석실이 하나 있었다. 그 다음에는 서재, 그리고 그 다음에는 마술 기구들이 진열되어 있는 일종의 진열실이 있었다. 두 사람은 책을 가지고 공부를 시작했다. 그러는 도중 어떤 두 사람이

---

17) 스페인에 있는 강의 이름.

주임신부에게 보내는 편지 한 통을 가지고 왔다. 그 편지는 주임신부의 삼촌인 주교가 쓴 것이었다. 그 편지에는 자신이 몹시 아프니 자신을 살아서 보고 싶으면 지체없이 달려오라는 글이 적혀 있었다. 이 소식에 접한 주임신부는 몹시 갈등을 느꼈다. 자신의 삼촌에 대한 연민의 감정과 마술 공부를 중단하고 싶지 않은 마음. 그는 사죄의 편지를 쓰기로 마음먹었고, 그것을 주교에게 보냈다. 3일 후 상복을 입은 몇몇 사람이 주임신부에게 몇 통의 편지를 가지고 도착했다. 거기에는 주교가 영면하셨고, 사람들이 그의 후계자를 선출하고 있고, 하느님의 은총으로 그들이 그를 선출하기를 기원하고 있다고 씌어 있었다. 또한 부재 중에 그가 선출되는 게 훨씬 나을 것이기 때문에 수고스러운 걸음을 하지 않는 게 오히려 좋을 것이라고 씌어 있었다.

10일 후 아주 잘 차려입은 두 명의 시종이 주임신부를 찾아왔다. 그들은 주임신부의 발치에 무릎을 꿇고, 그의 손에 입을 맞추었다. 그리고 주교 하례를 드렸다. 이것을 본 이얀 씨는 몹시 기뻐하며 새로운 주교에게 다가왔고, 그토록 좋은 소식이 자신의 집에 도달한 것에 대해 하느님께 감사드린다고 말했다. 그런 다음, 그는 이제 공석이 된 주임신부 자리에 자신의 일곱 아들 중의 하나를 앉혀 달라고 청했다. 주교는 그에게 그 자리는 이미 자신의 형제에게 주기로 약조되어 있다고 말했다. 그러면서 주교는 그의 아들에게 도움을 주기로 마음을 먹었으니 셋이서 함께 산띠아고로 가자고 말했다.

셋은 산띠아고로 갔다. 사람들은 환영 행사와 환영 미사로서 그들을 맞아들였다. 2년이 지난 후 주교는 교황의 사신들을 맞아들이게 되었다. 사신들은 교황께서 그에게 추기경의 직책을 하사했고, 그에게 자신의 후임 자리 또한 직접 임명할 권한을 주었다는 사실을 알렸다. 이 사실을 알게 된 이얀 씨는 그 직의를 자신의 아들에게 달라고 청했다. 추기경은 그에게 주교 자리는 외삼촌에게 주기로 미리 약조되어 있다, 그러나 아들을 잘 보살펴 줄 터이니 함께 로마로 가자고 말했다. 이얀 씨는 그 말에 동의할 수밖에 없었다. 셋은 로마로 갔고, 그곳의 사람들은 그들을 환영 미사와 행렬로써 맞아들였다. 4년이 지난 후 교황이 승하했다. 그리고 우리들의 추기경은 나머지 다른 추기경들을 제치고 교황으로 피선되었다. 이 소식을 접하고 달려온 이얀 씨는 교황 전하의 발에 입을 맞추었다. 그리고 옛 약속을 상기시키면서 자신의 아들에게 추기경 자리를 달라고 청했다. 교황은 그에게 〈당신은 단지 마술사에 불과하고, 똘레도에 살 때 당신은 마술 선생에 불과했다는 것을 잘 안다〉고 말하면서 감옥에 집어넣겠다고 위협했다. 가련한 이얀 씨는 스페인으로 돌아가겠다고 말했고, 가는 도중 먹게 음식이라도 조금 달라고 청했다. 교황은 그 청조차 들어주지 않았다. 그러자 이얀 씨는(그의 얼굴은 이상스럽게 다시 젊어져 있었다) 담담한 목소리로 말했다.

「그렇다면 오늘 저녁은 메추리 요리를 먹어야겠군. 가져오드록 해라」

하녀가 대령했고, 이얀 씨는 그녀에게 그것을 굽도록 명했다. 이 말이 끝나자마자 교황은 똘레도의 지하 방에 단지 산띠아고의 주임신부로 되돌아와 있었다. 그는 용서를 빌 수조차 없는 자신의 배은망덕한 행위에 대한 수치감에 어쩔 바를 몰라했다. 이얀 씨는 이 정도의 시험으로 충분하다고 말했고, 주임신부에게 그의 몫의 메추리 요리를 주기를 거부했다. 그리고 길까지

따라나온 그가 주임신부에게 좋은 여행이 되길 빈다고 말하고,
아주 정중하게 작별인사를 했다.

　(돈 후안 마누엘 왕자의 『빠뜨로니오의 책』에서, 그리고 후안
마누엘의 책은 아랍의 책 『마흔 번의 아침과 마흔 번의 밤』에서
영감을 받은 것이다.) 18)

---

18) 여기서 돈 후안 마누엘의 『빠뜨로니오의 책』이란 저서는 『루까노르 백작
　　El Conde Lucanor』이라는 이름으로 더욱 알려져 있다. 그는 1282년에 태
　　어나 1348년에 죽은 스페인의 작가요, 정치가요, 군인이었다. 그는 까스띠
　　야 왕국을 절대왕권 국가로 만든 페르난도 3세의 손자였으며, 스페인 역사
　　상 가장 위대한 왕으로 일컬어지는 알폰소 10세의 조카였다. 그의 저술은
　　모두 15종으로 알려져 있으나 현재 남아 있는 것은 5종에 불과하다. 『루까
　　노르 백작』 또는 『빠뜨로니오의 책』은 1335년에 씌어졌다. 따라서 흔히들
　　유럽 최초의 소설이라고 알려진 『데카메론』보다 13년 먼저 씌어진 작품
　　이다.
　　　원래 이 이야기는 『루까노르 백작』의 11화에 나오는 「똘레도에 살고 있
　　는 위대한 선생 이얀 씨와 산띠아고 주임신부 사이에 일어난 이야기」를 각
　　색한 것이다. 『불한당들의 세계사』에 나오는 모든 이야기들이 그렇지만,
　　이 작품 또한 작품의 줄거리는 전혀 다치지 않은 채 현대적 감각의 언어로
　　재구성해 놓은 것이다. 이러한 보르헤스적 글쓰기야말로 소위 〈상호텍스트
　　성〉의 대표적인 예라 할 수 있다. 그러나 우리가 흔히 패스티쉬라고 부르
　　는 것과 구별해야 하는 것은 이것이 원문 전체 또는 부분을 그대로 옮기고
　　있는 게 아니라 새로운 언어로 각색을 해놓았고, 표절과 다른 점은 원전을
　　확실히 밝히고 있다는 점이다. 이것은 모방이 아니라 〈다시 쓰기〉이다. 더
　　구나 후안 마누엘의 원작 또한 아랍의 작품에서 그 소재들을 빌려 그 시대
　　의 상황에 맞게 각색, 편집했던 작품이다. 따라서 보르헤스의 이 작품은
　　〈다시 쓰기〉를 〈다시 쓰기〉한 것이라 볼 수 있다.

색거울

역사는 수단의 통치자들 중 가장 잔인했던 인물이 야쿱 엘 들리엔떼라는 것을 안다. 그는 자신의 나라를 이집트 세금징수원들에게 갖다 바쳤고, 1842년 바르마하트[19] 달 14일에 궁궐의 한 방에서 죽었다. 몇몇 사람들은 마법사 아브데라멘 엘 마스무디(이 이름의 뜻은 번역하면 〈자비로운 자의 종〉이다)가 단검 또는 독약으로 끝장을 내놓았다고 수군거린다. 그러나 자연사가 더욱 사실인 듯 보인다. 왜냐하면 사람들이 그를 돌리엔떼(병자)라고 불렀기 때문이다. 그럼에도 불구하고, 1853년 리처드 프란시스 버턴 대장[20]은 그 마법사와 대화를 나누었다. 그 마법사는 그에게 아래에 내가 적는 것과 같은 이야기를 들려주었다.

내가 야쿱 엘 돌리엔떼의 왕궁에서 포로로 잡혀 있었던 것은 사실이지요. 그것은 나의 형제인 이브라함이, 되레 밀고해 버린 코르도판[21]족 깜둥이 추장들의 거짓되고 헛된 도움을 받아 도모하려 했던 반란 음모 때문이었죠. 나의 형제는 법정의 핏빛 가죽[22] 위에서 칼로 처형되었지요. 그러나 나는 돌리엔떼의 증오스러운 발 밑에 무릎을 꿇고서 「나는 마법사고, 만

---

19) Barmajat : 회교 헤지라력의 달 이름을 가리키는 것처럼 보이나 이러한 이름의 달 이름이 없는 것을 보아 보르헤스의 착오인 듯싶다.
20) Richard Francis Burton(1821-1890) : 영국의 탐험가로 1858년 아프리카의 탕가니카 호수를 발견한 것으로 알려져 있다.
21) Kordofán : 나일 강 서쪽의 수단 지역.
22) 여기서 핏빛 가죽이란 송아지 가죽을 가리키는 것으로 당시 수단에서는 죄인을 처형할 때 송아지 가죽을 바닥에 깔아놓고 집행했다.

일 목숨을 살려주면 파누시 히얄(마술 램프)보다 더 경이로운 형태와 모형의 마술을 보여드리겠다」고 말했지요. 독재자는 내게 즉각 시범을 하나 보여달라고 요구하더군요. 나는 밀대로 만든 펜 하나, 몇 벌의 가위, 베니스 산 큰 종이 한 장, 염색한 뿔, 화로, 고수풀[23] 씨앗들, 1온스의 안식향[24]을 달라고 했죠. 나는 종이를 여섯 조각으로 길게 잘랐고, 첫 다섯 장에 주문과 기도문을 적었지요. 그리고 마지막 한 장에는 영광스러운 코란에 씌어진 다음과 같은 말들을 썼지요.

「나는 너의 베일을 벗겼도다. 내 눈의 시력은 그 어떤 것도 뚫으리라」

그런 다음 나는 야쿱의 오른손에 마법의 그림 하나를 그렸고, 손을 둥글게 만들도록 청했지요. 그리고 나는 그의 손에 둥글게 물감을 부었지요. 나는 그에게 그 원 속에서 그 자신의 모습이 똑똑히 비치는가 물었고, 그는 그렇다고 대답했지요. 나는 그에게 눈을 쳐들지 마라고 말했지요. 나는 안식향과 고수풀에 불을 붙였고, 화로에 기도문이 적힌 종이들을 태웠지요. 나는 그에게 보고 싶은 물체의 형상을 요청하라고 말했지요. 그는 생각했고, 사막 근처의 목초지에서 풀을 뜯고 있는 매우 아름다운 한 마리 야생말이라고 내게 말했지요. 그는 들여다보았고, 녹색의 적요한 들판과 그 다음 이마에 하얀 별을 단, 마치 표범처럼 날렵하게 가까워지고 있는 말 한 마리를 보았지요. 그는 내게 마치 그 말처럼 그렇게 완벽한 한

23) 미나리과의 일년초 식물로 높이 30-60cm이며, 흰꽃이 피고 과일은 약재 또는 향료로 쓰임.
24) 때죽나무과의 낙엽 교목으로 그 수지를 가지고 향료 또는 포마드를 만드는 데 쓰임.

무리의 말들을 보고 싶다고 요구했지요. 그리고 그는 지평선에서 솟아오르는 먼지들의 구름과, 뒤이어 나타나는 말떼들을 보았지요. 나는 내 생명을 건졌다는 확신을 가질 수 있게 되었지요.

여명이 움트기 시작하자마자 두 명의 군인이 내가 들어 있던 감방 안으로 들어오더군요. 그리고 그들은 돌리엔떼의 거처로 나를 데려가더군요. 그곳에는 이미 향과, 화로 그리고 물감이 나를 기다리고 있었지요. 이렇게 나는 그의 명령들에 직면하게 되었고, 그에게 세계의 모든 형상들을 보여주게 되었지요. 정말 진저리가 나던 그 망자는 자신의 둥그렇게 구부린 손 안에서 이미 죽은 사람들이 보았고, 현재 살아 있는 사람들이 보고 있는 모든 것을 가지고 싶어했지요. 그는 땅이 구분해 놓은 도시들, 지방들, 그리고 왕국들, 깊은 곳에 숨겨져 있는 보물들, 바다를 가로지르는 배들, 무기들, 악기들, 의료기구들, 우아한 여인들, 하늘에 점 박혀 있는 별들과 혹성들, 불성실한 화가들이 자신들의 진절머리 나는 그림들을 그리기 위해 쓰는 색깔들, 비밀과 덕성들을 내포하고 있는 광석들과 식물들, 자신들이 먹는 양식이 신에 대한 찬양과 증거인 은빛 천사들, 학교에서 나누어주는 상들, 피라미드의 한가운데에 있는 새(鳥)들과 왕들의 석상들, 땅에 발을 딛고 있는 황소와 황소 아래에 있는 물고기가 드리우는 그림자, 자비로운 신의 사막. 그는 묘사가 불가능한 그런 것들까지도 보았지요. 예를 들어, 가스등이 켜져 있는 거리들과, 사람의 고함소리를 들으면 죽는 고래 말이지요. 한차례 그는 내게 유럽이라고 불리는 도시를 보여달라고 명령했지요. 나는 그에게 유럽의 한 주요 거리를 보여주었지요. 나는 모두 검은 색깔의 옷을 입고, 안경을 쓴 숫자도 아주 상당한 바로 이 사람들의 홍수 속에서 처음으로 〈엔마스까라도(가면을 쓴 자)〉[25]를 보았다고 생각합니다.

그 인물의 형체는 이따금 수단의 전통의상을 입고 있기도 했고, 이따금 군복을 입고 있기도 했었지요. 어찌됐든 항상 얼굴이 베일로 가려져 있는 그 존재가 그때부터 우리들 눈 속에 들어오기 시작했어요. 그의 형체는 완벽했지만 우리는 그가 누구인지 짐작을 할 수가 없었지요. 그런데, 처음에는 색거울에 나타난 형체들이 찰나적이고, 부동적이었는데 형체들이 이제 보다 복합적인 기능을 갖게 되는 거였어요. 형체들은 지체없이 나의 명령에 따라 움직였고, 전제군주의 두 눈은 분명하게 그것들의 뒤를 쫓을 수가 있었지요. 우리 두 사람은 기진맥진해 버리곤 했지요. 색거울에 비친 장면들의 잔혹한 모습도 우리들이 느낀 피로감의 또 다른 원인이었죠. 그것들은 다름 아닌 바로 징벌, 밧줄, 신체의 일부를 잘라내는 일, 사형 집행인과 잔혹한 자의 쾌감이었죠.

그렇게 해서 우리는 바르마하트 달 14일 아침에 이르게 되었지요. 물감 원이 손안에 만들어졌고, 안식향이 화로에 던져졌고, 부적은 태워졌죠. 우리 단 둘뿐이었지요. 엘 돌리엔떼는 내게 절대 번복할 수 없는 정의로운 징벌을 보여달라고 청하더군요. 그날 자신의 가슴이 하나의 죽음을 보고 싶다나요. 나는 그에게 북을 맨 군인들, 넓게 펼친 송아지 가죽, 히죽거

---

25) Enmascarado : 원래 이 말은 가면, 또는 가면 쓴 남자라는 뜻이지만 대문자로 씌었기 때문에 사람의 이름이다.

리는 구경꾼들, 법의 칼을 든 사형 집행인을 보여주었지요. 그 사형 집행인을 본 왕이 놀라면서 내게 말하더군요.

「그는 아브 키르야. 바로 너의 형제 이브라함을 처형했던 그 인물이지. 그리고 만일 너의 도움 없이 이런 형상들을 불러내는 마법이 내게 주어졌었더라면 너의 운명을 요절냈을 타로 그 인물이지」

그는 내게 군인들로 하여금 사형수를 불러오라고 명령하더군요. 색거울 속의 군인들이 죄수를 데려오자 왕의 입이 얼어붙은 듯 다물어져 버렸지요. 왜냐하면 그는 바로 하얀 베일을 쓴 그 설명을 할 수 없는 인물이었기 때문이었죠. 왕은 내게 그를 처형하기 전에 군인들로 하여금 그의 얼굴에서 가면을 벗기도록 하라고 명령하더군요. 나는 그의 발치 앞에 몸을 던지며 조아렸지요.

「오, 시간과 물질의 왕이시고, 세기의 진수시여. 이 형체는 나머지 형체들과 다릅니다. 왜냐하면 우리는 그의 이름도, 그의 부모의 이름들도, 그리고 그가 태어난 도시의 이름도 모릅니다. 제가 감히 저 형체를 건드리지 않으려고 하는 것은 내가 책임져야 할지도 모를 죄를 저지르고 싶지 않기 때문입니다」

엘 돌리엔떼가 깔깔대고 웃으며 만일 책임을 져야 한다면 자신이 그 죄과에 대한 책임을 지겠다고 하더군요. 그는 칼과 코란을 두고 맹세를 했지요. 그래서 나는 죄인의 옷을 벗기고, 펼쳐놓은 송아지 가죽 위에 그를 단단히 붙들어놓은 다음, 그의 가면을 벗기라는 명령을 내렸지요. 군인들은 그렇게 했지요. 야쿱의 경악한 눈이 마침내 그 얼굴을 보게 되었지

요. 그것은 바로 야쿱 자신의 얼굴이었던 겁니다. 그는 공포
와 광기에 백짓장이 되어버리더군요. 나는 단단한 나의 오른
손으로 떨리는 그의 오른손을 꼼짝 못하게 붙든 다음 계속 자
신의 죽음을 직접 목도하도록 만들었지요. 그는 그 거울 속에
포박되어 버린 거지요. 그는 눈을 쳐들지도, 손 안의 물감을
쏟아버리려고조차 하지 못하더군요. 칼이 그의 눈앞에서 죄인
의 머리 위에 떨어졌을 때 그는 나로 하여금 연민을 느끼지
못하도록 만드는 그런 목소리로 신음소리를 내더군요. 그리고
죽어 바닥을 나뒹굴더군요.

「불멸하고, 손에 끝없는 용서와 영원한 응징의 두 열쇠를
들고 있는 그분께 영광이 있으라」

—— 리처드 프란시스 버턴,『적도 아프리카의 호수지역 *The Lake
Region of Equatorial Africa*』

대리 마호메트

천국에서 하느님은 회교도들의 정신 속에는 마호메트의 인상
과 종교 원리가 완고하게 박혀 있기 때문에 마호메트의 역할을
하는 한 영혼으로 하여금 그들을 통치하도록 명령을 내렸다. 이
대리인은 항상 동일하지가 않았다. 한 번은 살아 있을 적에 알
제리 사람들에게 포로가 되어 회교로 개종했던 삭소니[26] 사람
하나가 이 직책을 맡게 되었다. 그는 한때 기독교인이었기 때문
에 회교도들에게 예수에 대해 언급했고, 그리고 예수는 요한[27]

---

26) 독일의 한 주 이름. 따라서 그는 개종하기 전 기독교인이었음에 틀림없다.

의 아들이 아닌 하느님의 아들이라고 말하곤 했다. 그래서 그를 다른 사람으로 대치하는 게 문제의 소지가 없을 듯싶었다. 이 대리 마호메트의 자격은 단지 회교도들에게만 보이는 횃불에 의해 가리워졌다.

코란을 편찬한 진정한 모하메트는 이제 더 이상 그의 추종자들의 눈에 보이지 않는다. 천국의 회교도들은 내게 말하기를 처음에는 그 대리 모하메트가 자신들을 통치하려고 했으나 나중에는 그들을 지배하려고 들었기 때문에 그를 남쪽에 유배시켰다그 말했다. 마귀들이 한 회교도들의 무리로 하여금 마호메트를 하느님으로 믿도록 선동을 했다. 이러한 소동을 진정시키기 위해 마호메트가 지옥에서 끌려나왔고, 그들은 자신들의 눈으로 직접 그를 보게 되었다. 나 또한 그때 그를 보았다. 그는 마치 영혼은 없고, 형체만 있는 영령들과 비슷했다. 그리고 그의 얼굴은 몹시 검었다. 그가 간신히 입을 열었다.

「내가 너희들의 마호메트이다」

그러고 나서 즉시 그는 사라져버렸다.

—— 엠마누엘 스웨덴보리, 『진실된 그리스도교 신앙에 관하여 *De Vera Christiana Religio*』(1771)

---

27) 성모 마리아의 남편.

참고 문헌

「잔혹한 구세주 라자루스 모렐」

　　Mark Twain, *Life on the Mississippi*, New York, 1883.

　　Bernard Devoto, *Mark Twain's America*, Boston, 1932.

「황당무계한 사기꾼 톰 카스트로」

　　Philip Gosse, *The History of Piracy*, London : Cambridge, 1911.

「여해적 과부 칭」

　　Philip Gosse, *The History of Piracy*, London : Cambridge, 1911.

「부정한 상인 몽크 이스트맨」

　　Herbert Asbury, *The Gangs of New York*, New York, 1927.

「냉혹한 살인자 빌 해리건」

　　Frederik Watson, *A Century of Gunmen*, London, 1931.

　　Walter Noble Burns, *The Saga of Billy the Kid*, New York, 1925.

「무례한 예절 선생 고수께 노 수께」

　　A.B. Mitford, *Tales of Old Japan*, London, 1912.

「위장한 염색업자 하킴 데 메르브」

　　Sir Percy Sykes, *A history of Persia*, London, 1915.

　　Nach dem arabischen Urtext uebertragen von Alexander Schulz, *Die Vernichtung der Rose*, Leipzig, 1927.

(이 참고문헌은 역자의 것이 아니라 저자가 직접 이 작품집 뒤에 명기해 놓은 것이다.)

작품 해설

　직역하면 『오욕의 세계사』라고 부를 수 있는 보르헤스의 첫 작품집 『불한당들의 세계사』는 이후의 그의 소설 세계를 가늠할 많은 특징들이 씨 뿌려져 있는 묘판과도 같다. 제목에서 유추할 수 있는 것처럼 이 작품에는 세계 도처에서 악명 높았던 여러 불한당들에 관한 이야기들이 등장한다. 그럼에도 불구하고 이 작품집에 나오는 작품들이 그러한 인물들을 다루는 대표적인 장르인 전기나 갱스터 소설과 구별되는 것은 그 형식이 단편이라는 데에 있다. 보르헤스의 단편 장르에 대한 천착은 장님에 가까웠던 그의 시력에서도 그 기원을 찾아볼 수 있지만 아직 시력이 악화되지 않았던 초기의 경우에 있어 이것은 적절한 대답이 되지 못한다. 보르헤스는 여러 차례 자신의 문학 세계의 모범으로 근대 단편소설의 아버지인 에드거 앨런 포를 지적했고, 기회 있을 때마다 소설 문학의 본질적 정수로서 압축의 미를 강조하곤 했다. 또 다른 단편집 『픽션들』이나 에세이집 『토론』 등의 직접적인 언급에서 볼 수 있듯 보르헤스는 왜 한 문장으로 줄여 쓸 수 있는 것을 쓸데없이 무작정 늘려 한 권의 책으로 만드는가 하고 반문할 정도로 압축미에 대해 극도로 집착하는 태도를 견지했었다.

그러나 보르헤스의 소설 세계는 단순히 간결하면서도 심원한 그런 압축성 하나만으로 가늠되는 것은 아니다. 이전의 문학에서 전혀 그 전범을 발견할 수 없는 보르헤스의 특징들 중 대표적인 것들로 우리는 환상적 사실주의, 메타 텍스트, 쓰기와 읽기에 대한 문학적 문제화, 관념의 소설화, 대중 예술과 전통 문학의 접합, 가짜 사실주의 등을 들 수 있다. 보르헤스 소설 문학의 출발점과도 같은 『불한당들의 세계사』 안에는 이러한 특징들이 어떤 경우에는 본격적으로, 어떤 경우에는 부분적으로, 그리고 또 다른 경우에는 초보적으로 실험되어 있다. 보르헤스 문학의 이러한 전체적 조감도와 관련하여 본 이 작품집의 성격은 세계주의, 대중예술의 소설 문학에로의 차용, 환상적 사실주의, 그리고 상호 텍스트성으로 대별해 볼 수 있다. 『불한당들의 세계사』에서 목격되는 이상의 보르헤스성들은 이후의 작품에서 뚜렷하게 드러나고 있는 것처럼 상호 융해되어 있다기보다는 개별적으로, 또는 단편성을 띠면서 나타난다.

보르헤스 문학에 있어 세계주의, 또는 세계성이란 두 가지 다른 지평에서 고려되어야 하는 중요한 관건에 속한다. 우선 여기서 보르헤스 문학에 흔히 붙여지고 있는 세계주의 cosmopolitanism, universalism 라는 용어는 라틴아메리카 문학사에서 흔히 쓰이고 있는 지역주의 regionalism와 상반되는 개념을 뜻한다. 보르헤스 소설 문학이 여명기를 맞이하기 시작하는 1930-1940년대 라틴아메리카 소설의 주류는 소위 지역주의였다. 이 지역주의 안에는 〈땅의 소설〉, 〈멕시코 혁명 소설〉, 〈인디언주의〉, 〈문명과 야만에 대한 소설〉 등과 같은 다양한 지류가 포함되어 있다. 비록 이처럼 여러 경향들을 포괄하고 있음에도 불구하고 이 지역주의 소설이 근본적으로 표방하고 있는 것은 반유럽적인 아메리카주의(민족주의), 작품의 무대로 도시보다는 시골을 선호하는 지방주의라는 공통점을 가지고 있었다. 그리고 이러한 외형적

선호도 안에는 문학을 사회학적으로 이해하려는 강력한 문학사회학적 관점이 지배적 이데올로기로 굳건히 내려앉아 있었다.

　그처럼 외지성, 도시성, 비사회성에 대해 배타적이었던 일반적인 경향 아래서 초기에 비아메리카적이고 비사회적이었던 보르헤스 문학이 일반으로부터 소외될 수밖에 없었던 것은 당연한 이치였다. 『불한당들의 세계사』에는 사회학적 메시지를 담고 있는 아메리카주의나 지방주의의 색채를 띠고 있는 그 어떤 작품도 없다. 심지어 유일하기 아르헨티나의 한 교외지역을 무대로 하고 있는 「장밋빛 모퉁이의 남자」조차도 일반적인 사회학적 톤의 지역주의와는 전혀 거리가 멀다. 단지 무대만 시골일 뿐 오히려 여기서는 용기, 분노, 수치심과 같은 보다 개별적인 인간의 가치들이 다루어지고 있다.

　보르헤스 문학을 세계주의라 부르는 또 하나의 이유는 그의 작품들이 섭렵하고 있는 작중 무대와 작중 인물들이 전세계에 걸쳐 있다는 데에 기인한다. 『불한당들의 세계사』에 나오는 단편들 중 그의 고국인 아르헨티나나 그곳의 주민을 다루고 있는 작품은 앞에서 말한 「장밋빛 모퉁이의 남자」밖에 없다. 나머지 작품들은 미국, 호주, 칠레. 스페인, 페르시아, 아랍, 중국, 일본 등과 같이 거의 전세계의 모든 문화권들을 작중 무대 및 인물로 가지고 있다. 물론 나중에 상호 틱스트성과 관련하여 자세히 다루겠지만 보르헤스에게 있어 이러한 외국의 인물들과 무대는 직접적인 경험의 소산이 아닌 순전히 〈책들〉에서 빌려온 간접 경험의 산물들이다.

　나중에 보르헤스의 소설 세계, 더 나아가 포스트 모더니즘 문학의 대표적 성격으로 불리는 대중 예술과 전통 문학의 결합은 이미 『불한당들의 세계사』에서 극명한 형태로 전개된다. 보르헤스 문학의 전성기에 있어 이러한 전통 문학과 대중 예술의 접목은 주로 탐정소설 및 갱스터 소설 형식의 차입에서 극대화된다. 『불한당들의 세계사』에서는 갱스터 소설 구조의 차용이 주를 이루지만 형식적 측면에서의 영화 예술 기법 도입 또한 매우 두드러진다. 이미 언급했듯 『불한당들의 세계사』에서는 시대와 국가를 초월한 세계의 여러 악당들이 등장한다. 그것은 특별한 설명이 필요치 않을 정도로 이 작품집이 갱스터 소설 장르와 밀접한 관련이 있음을 시사한다. 더구나 우리가 현대적 의미로 갱스터 소설이라고 부르는 장르의 주인공과 완전히 일치하는 그런 인물인 갱 몽크 이스트맨을 다룬 이야기가 직접 나온다. 비록 장르적 구분은 다르지만 같은 대중 소설에 속하는 웨스턴 소설의 형식을 빌리고 있는 작품의 예로는 「냉혹한 살인자, 빌 해리건」이 있다.

　『불한당들의 세계사』가 영화 예술과 가지고 있는 관련성은 기교적 측면이 주를 이루고 있다. 물론 서부의 전설적 인물 빌리 더 키드를 다룬 「냉혹한 살인자, 빌 해리건」, 「부정한 상인, 몽크 이스트맨」은 주제적인 관점에서 서부 영화나 마피아 영화와 뚜렷한 근사성을 노출하고 있다. 그러나 이 작품집 전체를 통해 영화 예술이 끼치고 있는 영향은 형식적인 측면에 보다 경사되어 있다. 실제로 보르헤스는 이 작품집의 「서문」에서 이 작품의 원천들로 스티븐슨, 체스터턴과 같은 작가들과 함께 영화감독인 본 스턴버그의 초기 영화들을 들고 있다. 조셉 본 스턴버그는 오스트리아 태생 미국 감독이었다. 아마 여기서 보르헤스가 본 스턴버그의 초기 작품들이라고 지칭하고 있는 영화들이란 그의 「암흑세계Underworld」(1927), 「마지막 명령The Last Command」(1928), 「파란 천사 The Blue Angel」(1930) 등을 가리키고 있는 듯하다. 특히 그의 첫번째 작품인 「암흑세계」는 보르헤스의 단편 「부정한 상인, 몽크 이스트맨」과 같이 뉴욕 갱들의 세계를 다룬 영화이다. 물론 이 영화와 함께 보르헤스가 이 작품집 뒤에 실린 참고문헌에서 밝히고 있는 것처럼 이 영화가 개봉된 해인 1927년 발간된 허버트 애쉬뷰리의 『뉴욕의 갱들』이라는 책 또한 「부정한 상인, 몽크 이스트맨」의 주요 원천이 되었음은 아주 명백한 사실이다. 먼저 『불한당들의 세계사』에서 엿보이는 일반적인 의미로서의 영화 예술적 요소는 컷 cut 구성 방식이다. 원래 영화의 내러티브는 보다 오랜 전통을 가진 소설 장르에서 빌려온 것이었다. 그러나 영화에서는 소위 편집 editing 이라는 특수한 기능적 탄력성이 있어 완성의 단계에 이르기까지 연속성을 가질 필요가 없다. 그런 여유를 바탕으로 영화는 장면과 장면 사이의 연계를 중심 구도로 가지고 있는 전통 소설과는 달리 분리된 수많은 컷들의 집합이라는 다른 구조를 가지게 되었다. 『불한당들의 세계사』를 보면 이러한 컷들의 집합이라는 구조는 도처에서 쉽게 발견된다. 이 작품집의 모든 단편들은 마치 영화의 컷들처럼 극도로 단편적인 구성을 중심적 구조로 가지고 있음이 명백하게 드러난다.

또 하나 이 작품집이 누출하고 있는 영화적 특성은 이중 편집의 구조이다. 전통적인 소설에서와는 달리 영화는 다른 두 공간에서 일어나고 있는 사건들을 대칭, 연계, 평형 등의 여러 가지 방식으로 제시될 수 있는 구조적, 기술적 가능성을 가지고 있다. 말하자면 컷 구조의 방식은 살인을 하러 가는 자와 살인을 당하게 될 자에 대한 교차적 편집을 가능케 해준다는 사실이다. 이러한 교차 편집의 예는 『불한당들의 세계사』 여러 곳에서 출중하게 이루어지고 있다. 대표적인 예가 「장밋빛 모퉁이의 남자」에 나오는 첫 부분이다. 여기서는 프란스시꼬 레알이라는 북쪽지역 칼잡이가 다른 동네의 유명한 칼잡이인 로센도 후아레스에게 결투를 하러 가는 장면과, 로센도 후아레스를 중심으로 마을의 건달들이 모여 있는 술집의 장면이 엇갈리면서 재현된다.

스턴버그의 영화가 가진 개별적 특성과 『불한당들의 세계사』 사이의 유사성은 〈생략 기법〉이라는 한마디로 요약된다. 스턴버그 영화의 특성은 꼭 있어야 할 중심적인 장면을 부재, 또는 암시의 방법으로 처리해 버리는 그런 특수한 기법으로 대변된다. 『불한당들의 세계사』에 첫번째로 나오는 단편 「잔혹한 구세주, 라자루스 모렐」을 보면 그의 일생에 대한 수많은 생략들이 나온다. 앞에서 여러 차례 언급한 「장밋빛 모퉁이의 남자」에서는 프란시스꼬 레알이 어떻게 해서 죽음에 이르게 되었는지에 대한 부분이 완전히 생략되어 있다. 독자는 작품의 마지막에 가서야 그것도 암시적으로 그것을 추론할 수 있을 뿐이다.

보르헤스 문학을 총괄하여 조명해 볼 때 가장 중심적인 성상이라고 할 수 있는 환상적 사실주의는 『불한당들의 세계사』에서 아주 초보적인 형태로, 그것도 매우 단편적으로 나타난다. 환상적 사실주의란 매우 특수한 텍스트 기법을 통해 추상이나 환상을 사실로 인지케 하거나, 반대로 아주 사실적인 것을 환상적으로 착각하도록 만드는 문학 양식을 뜻한다(자세한 논의는 『픽션들』의 해설을 참조할 것). 『불한당들의 세계사』에 발현되는 환상적 사실주의의 한 예는 마지막에 실려 있는 「기타 등등」의 첫번째 이야기 「죽어서의 한 신학자」이다. 한 신학자가 죽는다. 그는 죽은 다음에도 살아 있을 때와 똑같은 집과 상황을 가지기 때문에 자신이 죽었다는 것을 전혀 의식하지 못한다.

환상적 사실주의와 더불어 보르헤스 문학의 본체를 결정하는 또 하나의 추는 상호 텍스트성이다. 사실 상호 텍스트성이 문학사에 처음 부각된 것은 창작적 측면이 아닌 비평적 측면에서였다. 구조주의자들은 문학을 현실에서 전혀 분리된 것으로 보았기 때문에 문학은 문학 자체로서의 독립된 역사를 가지고 있는 것으로 간주했다. 따라서 각 문학 작품은 이러한 문학적 역사의 맥락으로부터 자유로울 수가 없었다. 달리 말해 모든 문학 작품은 다른 문학 작품의 그림자와 같다. 주네뜨는 이러한 문학의 속성을 지웠다가 다시 쓰는 양피지사본pa-limsest에 비교했다. 그러나 보르헤스를 시작으로 20세기 후반에 들어 상호 텍스트성은 이러한 기계적 성격을 넘어 보다 극렬한 형태의 창작 실험의 단계로 넘어선다. 비평적 상호 텍스트성을 보다 극대화시킨 이러한 창작적 상호 텍스트성은 이미 기존해 있던 패러디, 모방,

표절의 국면을 넘어서 복사, 패스티쉬, 읽기의 문제 등으로 확대된다. 확실히 『불한당들의 세계사』에서 표출되는 상호 텍스트성은 기존의 상호 텍스트성인 패러디나 모방이나 표절과는 다른 양상을 보인다. 이 작품집에 나오는 이야기들은 「장밋빛 모퉁이의 남자」를 제외하고 이미 존재하고 있는 책들을 원형으로 하여 재작성된 것들이다. 마치 이것을 자발적으로 공표하기라도 하는 듯 이 작품집의 말미에는 각 이야기들의 텍스트적 바탕이 된 원본들이 참고문헌으로 명시되어 있다. 부분적으로 패러디적인 성격이 목도되지 않는 것은 아니지만 이러한 기술 방식은 확실히 엄격한 의미의 패러디와 구분되며, 그렇다고 모방이나 표절이라고 할 수조차 없다. 보다 근사치가 있는 적절한 용어를 찾아본다면 그것은 재구성, 재편집일 것이다. 그렇다면 브르헤스는 왜 이미 있는 이야기를 다시 재구성해야 했으며, 그것의 문학적 가치는 무엇인가에 의문의 눈길을 던지지 않을 수 없다. 첫째, 빠롤 parole, 즉 동시대에 통용되고 있는 언어의 문제이다. 언어는 절대불변의 실체가 아닌 시간의 흐름에 의해 조율되는 관습적 합의체이다. 따라서 한 이야기가 시대성을 획득하기 위해서는 동시대적 언어 습관 안에서 재규정을 받아야만 가능해진다. 둘째, 〈하늘 아래 새로운 것은 없다〉라는 성서의 말처럼 과연 새로운 이야기가 있을 수 있느냐 하는 점이다. 모든 이야기는 다른 이야기의 변형일 따름이며 현재의 이야기는 과거 이야기의 또 다른 판본에 불과하다. 그러므로 문학에 있어서의 문제는 새로운 이야기의 창출이 아닌, 기존해 있는 이야기를 어떤 방법으로 재편성, 재해석하느냐에 있다. 물론 『픽션들』과 『알렙』에서 보다 발전된 시각과 양식으로 해부되고 있는 이러한 문학의 절망적 본질에 대한 탐구는 『불한당들의 세계사』의 경우 보다 직설적이고 1차적이고, 그리고 순진무구한 형태를 띠고 있다.

이상에서 개괄해 보았듯 『불한당들의 세계사』는 본격적인 보르헤스 소설 세계가 탄생하기 위한 초석과도 같은 위치를 차지하고 있다. 이

직 유아단계에 머무르고 있는 환상적 사실주의는 『픽션들』과 『알렙』
에 이르러 가공할 소설 미학의 장을 열어준다. 상호 텍스트성은 이미
존재하고 있는 책에 대한 책쓰기에서 존재하지 않는 책에 대한 책쓰
기, 기존의 문학 작품에 나오는 허구적 인물의 전기 쓰기와 같은 거
의 불가사의한 소설 문학의 세계로 도약한다. 그럼에도 불구하고 『불
한당들의 세계사』를 단순한 습작으로 과소평가해서는 안 된다. 왜냐
하면 당시의 문학적 정황에 비추어볼 때 이러한 초보적 단계조차도
많은 이들에게 극단적인 실험으로 비쳤을 게 틀림없기 때문이다. 아
무리 문학이라는 장르가 가진 개방성에 대해 열린 시각을 가지고 있
다 하더라도 1930년대에 누가 이미 기존해 있는 이야기를 고스란히
재구성해 놓은 상호 텍스트적 작품들이나, 대중 예술 기법의 문학에
로의 차용을 두고 부정적인 시각을 투사하지 않았겠는가 하는 의미에
서 그러하다.

황병하

작가 연보

1899년 아르헨티나 부에노스 아이레스에서 8월 24일 태어남. 영국계 할머
니의 영향으로 스페인어보다 영어를 먼저 배우며 자람.

1908년 《나라》지에 오스카 와일드의 단편 「행복한 왕자」를 스페인어로 번
역하여 실음.

1914년 가족이 유럽으로 이주 스위스의 제네바에 정착하여 리세 장 칼뱅
학교에 등록하여 프랑스어와 라틴어를 배움.

1919년 스페인으로 이주, 다음해 마드리드에서 기예르모 데 또레스와 함
께 스페인어판 아방가르드인 〈최후주의〉운동을 주도함.

1921년 부에노스 아이레스로 돌아옴. 잡지 《프리즘》 창간.

1923년 첫 시집 『아르헨티나의 열기』 발간.

1924년 시집 『앞의 달』, 에세이집 『심문들』 발표.

1931년 빅또리아 오깜뽀가 창간한 잡지 《수르》에 참여.

1935년 첫 소설집 『불한당들의 세계사』 발간.

1941년 『픽션들』의 1부 「끝없이 두 갈래로 갈라지는 길들이 있는 정원」
발간.

1944년 『픽션들』 발간.

1946년 정권을 잡은 페론에 대한 공개적인 비판으로 시립도서관의 일자리
를 잃게 됨.

1949년 어머니와 여동생 노라가 정치적 이유로 구속됨.

1949년 소설집 『알렙』 발간.

1950년 아르헨티나 작가 연맹 회장으로 선출됨.

1952년 대표적인 에세이집 『또 다른 심문』 발간.

1955년 페론의 실각으로 국립도서관장직에 임명됨.

1961년 사무엘 베게트와 함께 〈포멘터상〉 수상.
1967년 아스떼떼 미얀과 결혼
1970년 소설집 『브로디의 보고』 발간. 아스떼떼 미얀과 이혼.
1973년 새로 들어선 페론 정부가 그를 도서관장직에서 해임.
1975년 소설집 『모래의 책』 발간. 이후, 하버드 대학과 소르본 대학을 포
        함한 세계의 많은 대학들에서 명예박사학위를 받았고, 세르반테스
        상을 비롯하여 많은 국제적 명성의 상을 수상.
1986년 4월 26일 일본계 아르헨티나인 여비서 마리아 고따마와 결혼. 스
        위스의 제네바로 이주한 뒤 6월 14일 간암으로 사망.

작품 연보

시집

부에노스 아이레스의 열기 Fervor de Buenos Aires : 1923
앞의 달 Luna de enfrente : 1925
산 마르띤 노트 Cuaderno San Martín : 1929
시전집 Poemas(1923-1943) : 1943
시전집 Poemas(1923-1958) : 1958
시전집 Obras poéticas(1923-1964) : 1964
여섯 개의 현(밀롱가 곡)을 위하여 Para las seis cuerdas(milongas) : 1965
타자, 그 자신 El otro, el mismo(1930-1967) : 1969
심원한 장미 La rosa profunda : 1975
동전 La moneda de hierro : 1976
시전집 Obra poética(1923-1976) : 1978
암호 La cifra : 1981
음모자들 Los conjurados : 1985

시와 산문집

제작자 El hacedor : 1960
그림자의 엘러지 Elogio de la sombra : 1969
호랑이들의 황금 El oro de los tigres : 1972

소설

불한당들의 세계사 La historia universal de la infamia : 1935
끝없이 두 갈래로 갈라지는 길들이 있는 정원 El jardín de senderos que se
  bifurcan : 1941
픽션들 Ficciones : 1944
알렙 El Aleph : 1949
브로디의 보고 El informe de Brodie : 1970
모래의 책 El libro de arena : 1975
셰익스피어에 대한 기억 La memoria de Shakespeare : 1983

에세이

심문 Inquisiciones : 1925
내 기다림의 크기 El tamaño de mi esperanza : 1926
아르헨티나인들의 언어 El idioma de los argentinos : 1928
에바리스또 까리에고 Evaristo Carriego : 1930
토론 Discusión : 1932
영원의 역사 Historia de la eternidad : 1936
시간에 대한 새로운 반박 Nueva refutación del tiempo : 1947
가우초 문학에 관한 관점들 Aspectos de la literatura gauchesca : 1950
또 다른 심문 Otras Inquisiciones (1937-1952) : 1952
마세도니오 페르난데스 Macedonio Fernández : 1961
서문들 Prólogos : 1975
보르헤스 강연집 Borges oral : 1979
일곱 개의 밤들 Siete noches : 1980
단테적인 아홉 개의 에세이들 Nueve ensayos dantescos : 1982
포로가 된 텍스트들 Textos cautivos : 1986

대담
보르헤스가 보르헤스에 대해 말하다[1]

나는 《스페인어의 삶》 기자로서 하버드 대학 교환 교수로 와 있는 보르헤스에게 전화를 걸어 인터뷰를 청했다. 일주일 후, 우리들은 그의 아파트에서 만났다. 아르헨티나의 전통적인 군인이자 지식인 집안의 후예인 보르헤스는 그 시대, 그 계층의 사람들에게 있어 전통적이고 특징적인 그런 예절을 가지고 있었다. 그들 대부분이 그러하듯 그의 옷입는 방식도 매우 보수적이었다. 그는 연약해 보이고, 창백한 얼굴을 하고 있었지만 생기가 있었고 열정적이었으며, 목소리는 묵직하고, 쩌렁쩌렁했다. 그는 케임브리지의 여러 거리들을 산보하기를 좋아했다. 매일 아침 일찍 집에서 힐스 도서관에 있는 연구실까지 걸어가고, 점심시간에는 집까지 걸어오는 것을 반복했다. 추위나 눈조차도 이 행보를 막지 못했다. 나는 여러 차례 그의 이러한 행보에 동행하곤 했다. 보르헤스는 옛 북구의 신화들과 영국의 시들을 암송하거나, 빨간 벽돌로 된 보스턴 시의 집들에 관한 얘기를 하곤 했다.

---

[1] 이 글은 69세의 나이로 이미 세계적 명성을 얻고 있던 보르헤스가 하버드 대학 교환 교수로 있을 때 《스페인어의 삶 *Life en Español*》의 기자 리타 기버트 Rita Guibert와 했던 대담을 발췌한 것이다.

그러면서도 그는 항상 향수에 젖은 얼굴로 부에노스 아이레스의 거리들을 잊지 못하고 있는 듯 그곳을 들먹이곤 했다.

거의 장님에 가까웠던 그는 매우 뛰어난 기억력과 집중력을 가지고 있었다. 그는 (한 차례 내게 말하기를) 자주 눈길에 미끄러지고 넘어지곤 했다면서도 한사코 한 블럭 정도 떨어져 있던 나의 호텔까지 나를 동반하기를 고집하곤 했다. 그는 찾고 싶은 책이 책장의 어느 곳에 꽂혀 있는지 정확히 알고 있었고, 전화가 걸려오거나 누가 문을 두드리면 비호같이 방을 내닫곤 했다. 보스턴의 텔레비전 방송국과 인터뷰가 있었던 어느 날 오후, 택시 운전사가 그를 찾으러 왔다가 문가에 있는 그를 보고 물었다.

「소경 한 사람을 모시러 왔는데요」

전혀 안색 하나 변하지 않고 보르헤스가 대꾸했다.

「내가 바로 그 소경이오. 잠깐만 기다려주시겠소」

보르헤스와 그의 작품은 동시대의 세계로부터 유리되어 있다. 시간적으로나 공간적으로 멀리 떨어져 있는 그의 세계는 상징적이고 마술적이다. 그의 세계는 상상의 존재들, 환상들, 미로들, 단도들, 거울들로 가득 차 있다. 보르헤스는 인터뷰를 하는 동안 그것들을 〈내가 미치도록 사랑하는 것들〉이라고 칭하면서 덤덤하면서도 향수에 젖은 얼굴로 자신의 작품과 삶과 친구들과 좋아하는 장소들에 대해 말했다.

기버트 : 시력의 상실은 당신의 삶과 작품에 어떤 영향을 미쳤습니까?

보르헤스 : 아버지 가계 쪽에서 시력을 잃은 사람들 중 저는 다섯번째, 아니 여섯번째에 해당하는 세대일 겁니다. 나는 나의 아버지와 할머니가 장님이 되는 것을 직접 목격했습니다. 나는 시력이 좋았던 때가 전혀 없었지만 나의 운명이 어떻게 될 것인지에 대해서는 알고

있었습니다. 또한 나는 1년 이상 장님의 생활을 하면서 나의 아버지
가 보여준 그 온화함과 아이러니한 태도에 감탄을 느낄 수밖에 없었
습니다. 아마 그러한 부드러움은 마치 귀먹은 사람들이 쉽게 화를 내
는 것처럼 장님들에게 있어서 아주 전형적인 모습인지도 모릅니다.
장님은 자신을 둘러싸고 있는 사람들 속에서 어떤 평온감을 느낍니
다. 이것은 귀가 먹은 사람들에 대한 우스꽝스러운 이야기들은 많지
만 장님들에 대해서는 그런 이야기가 없다는 데서 증명됩니다. 장님
에 대한 농담은 하나의 잔인한 죄악입니다. 나는 도대체 얼마나 많이
수술을 했는지 횟수조차 잊어버렸습니다. 그리고 1955년 페론 정권을
붕괴시킨 〈자유혁명〉이 나를 국립도서관장에 임명했을 때 나는 이미
책을 읽을 수가 없었습니다. 그래서 나는 「자비에 관한 시」라는 시
한 편을 썼지요. 나는 그 시에서 신에 대해 말하면서 다음과 같이 썼
습니다. 〈형용할 길 없는 아이러니와 함께/신은 내게 책들과 밤을 동
시에 주었다…….〉 8만여 권에 달하는 국립도서관의 책들, 그 당시
나를 덮쳐오고 있던 밤. 그러나 황혼이 아주 느리게 왔기 때문에(천
천히 시력을 잃어갔기 때문에 ──역주) 결코 애절한 것만은 아니었습
니다. 단지 큰 글자로만 된 책을 읽을 수 있었던 때가 있었지요. 그
다음에는 겉표지와 책등의 글자만 읽었던 때가 있었지요. 그리고 더
이상 아무것도 읽을 수가 없게 된 때가 왔지요. 나는 지금 아주 희미
하기는 하지만 당신을 볼 수가 있어요. 그런데 약간 볼 수 있는 것과
완전히 보지 못하는 것 사이에는 거의 절대에 가까운 차이가 있지요.
볼 수가 없는 사람은 마치 감옥에 갇힌 죄수와도 같아요. 반대로 나
는 어떤 자유의 착각과 함께 여기 케임브리지나 부에노스 아이레스를
돌아다니기에는 충분한 시력을 가지고 있습니다. 물론 나는 사람들의
도움 없이는 길을 건널 수가 없지요. 그러나 부에노스 아이레스뿐만
아니라 여기 뉴잉글랜드(미국 동북부의 6개 주 ──역주) 사람들은 친절
해서 내가 인도의 끝부분에 서서 멈칫거리고 있으면 서로 동시에 손

을 내밀곤 합니다.

시력의 상실은 확실히 나의 작품에 영향을 미쳤지요. 나는 그것을 두 따옴표(" ") 사이라고 부릅니다. 나는 단 한 번도 장편소설을 써 본 적이 없습니다. 왜냐하면 장편소설이 독자에게 있어 연속의 방식 으로 존재하는 것과 마찬가지로 작가에게 있어서도 단지 연속의 방식 으로 존재하기 때문입니다. 반대로 단편소설은 단 한 차례 읽는 것으 로 끝낼 수 있는 그 어떤 것이라 말할 수 있지요. 마치 포우가 한 말 처럼 말입니다. 〈소위 장편시라는 그 어떤 것도 없다.〉 나는 내가 쓰 고 있는 것을 감시하는 것을 좋아하고, 따라서 그것이 바로 나로 하 여금 긴 단편들을 버리고, 물론 자유시를 한 편 쓰기는 했지만 시의 고전적 형태로 돌아가게끔 만든 거지요. 왜냐하면 운율이란 엄격함의 미덕을 가지고 있으니까요. 그래서 나는 운문의 정규적인 형식으로 돌아갔지요. 말하자면 한 편의 소네트는 일종의 휴대용 시와 같은 것 이기 때문이에요. 나는 머릿속에 소네트 한 편을 담고 그것을 다듬고 고치면서 도시를 돌아다닐 수 있습니다. 게다가 저는 밀롱가(아르헨 티나의 전통 민요 —— 역주)와, 한 페이지나 한 페이지 반에 들어갈 수 있는 우화나 비유 같은 짧은 형식의 글들을 쓰고 있습니다. 이것들 또한 머릿속에 담고 다닐 수가 있고, 나중에 구술을 하고 교정을 할 수 있는 그런 것들이지요.

기버트 : 미국 학생들과 아르헨티나 학생들 사이에 큰 차이점이 있 다고 생각하십니까?

보르헤스 : 나는 이 시대의 나쁜 점이 한 나라와 다른 나라 사이의 차이점들을 지나치게 과장하는 데에 있다고 생각합니다. 나는 어느 나라의 젊은이가 되었든 간에 그들은 서로 비슷하다고 생각합니다. 그렇지만 아르헨티나 학생들은 미국 학생들에 비해 훨씬 수줍음을 많 이 탑니다. 여기 미국에서는 학생이 선생의 말을 막고 질문을 할 수

가 있습니다. 그러나 그것은, 여기서는 학생이 교수에게 질문을 하는 것은 무례하기 때문이 아니라 내용이 재미있어 그러는 걸로 이해되고 있기 때문인 듯합니다. 아마 부에노스 아이레스에서 어떤 학생이 질문을 한다면 사람들은 그가 수업을 방해하기 위해 그렇게 하는 거라고 생각할 겁니다.

기버트 : 히피와 마약 복용에 대해 어떻게 생각하십니까?

보르헤스 : 나는 히피든 마약 복용이든 그것이 그 어떤 의미 있는 자극이 된다고는 생각지 않습니다. 나는 히피란 미국의 전형적인 어떤 것과 아주 일치한다고 생각합니다. 그 모든 장점들과 함께 미국인들은 고독에까지 뻗어나갔고, 뻗어나갔다는 말이 낫겠지요, 고독의 희생자들이지요. 문득 데이비드 레이스먼의 『외로운 구름』이라는 책이 생각나는군요. 나는 미국 사람들에 비해 라틴아메리카 사람들이 가진 장점들 중의 하나가 아주 쉽게 친구들을 사귈 수 있다는 사실이라고 생각합니다. 반대로 미국에서는 친구를 사귄다는 게 매우 어려운 것 같아요. 그래서 미국 사람들은 단체들을 만들고 가슴에 이름표를 단 채 사람들끼리 모여 회합 따위를 하고, 크리스마스 파티와 같은 축제들을 벌이면서 안 그런 척 위장을 합니다. 나는 이 모든 것이 우정이나 누군가와 함께 있다는 동반감의 애절한 환영에 불과하고, 한 사람 한 사람 모두는 고독감을 느낄 거라고 생각합니다. 물론 그들은 혼자 있다는 것에 대해 전혀 신경을 쓰지 않기는 하지만 이러한 점은 영국 사람들에게서도 특징적인 현상이지요. 그들은 혼자 있을 때 편안함을 느끼지요. 나는 서로 친한 친구임에도 불구하고 절대 자신의 비밀을 털어놓지 않는 영국인들을 만난 적이 있습니다. 그럼에도 불구하고 그들은 서로를 친구라고 생각하지요. 게다가 내가 히피에 대해 말한다는 것은 무의미한 일입니다. 왜냐하면 나는 내 생애에 단 한 번도 히피와 이야기를 나눠본 적이 없으니까요. 언젠가 길에서

사람들이 내게 약간 옷차림이 단정치 못한 한 젊은이를 가리키며 그가 〈히피〉라고 말한 적이 있었지요. 나는 볼 수가 없기 때문에 보았다는 시늉만 했지요. 그 후 나는 히피가 긴 머리에 구레나룻을 기른다는 것을 들었고, 그리고 나는 그들이 마약을 복용한다는 사실도 압니다. 나는 그러한 것들 그 어떤 것도 좋은 게 아닐 뿐더러 그들이 끝간 데까지 그렇게 가리라고는 생각지 않습니다. 그런데 세상 일이란 역시 다 똑같아요. 만일 어떤 사람이 현재의 관습에 반대하고 싶다면 그것을 공격하는 유일한 방법은 또 다른 관습을 만들어내는 거지요. 수염을 깎는 게 관례가 되어 있는 시대에는 수염을 기르고, 수염을 기르는 시대에는 수염을 깎는 것. 사실, 지금은 하나의 관습의 시대로부터 다른 관습의 시대로 넘어가는 전환기라고 볼 수 있지요. 내가 여기 도착해 처음 밤 외출을 했던 날 나는 하버드 광장에 갔었지요. 사람들이 내게 아주 이상한 옷차림을 하고 있는 젊은이들이 있고 그들이 히피라고 말하더군요. 사람들이란 항상 일반화를 시키기를 좋아하는 것처럼 나 또한 생각했지요. 〈모든 것에 대해 반대를 하게 된 이 젊은이들에게 어떻게 해야 아르헨티나 문학을 가르칠 수 있을까?〉 그러나 첫 강의를 하게 되었을 때 나는 사람들이 말했던 것과는 다르고, 히피는 없고, 설사 있다 해도 소수에 불과하다는 것을 깨달았지요.

기버트 : 토인비는 히피란 기술과 과학의 산물이라고 했습니다. 동의하시는지요?

보르헤스 : 나는 그들이 이미 나온 뒤에 기술과 과학이 그들을 만들었다고 말하는 게 더욱 옳다고 생각합니다. 그렇지만 그들이 나타나기 전에 그것을 말했더라면 더욱 흥미로웠을 겁니다.

기버트 : 만일 지식인이 이따금 현실을 망각한 채 자신의 상아탑 속

에 갇혀 있다면 그러한 그가 자신의 몸담고 있는 사회의 문제들을 해
결하거나 변화시키는 데 공헌을 할 수 있다고 생각하십니까?

보르헤스 : 나는 상아탑 속에 갇혀 다른 것들에 대해 생각하는 것
또한 현실을 변화시키는 하나의 방법이 아닌가 하고 생각합니다. 나
는 당신이 말한 대로 상아탑 속에 있기 때문에 어떤 시 한 편을 떠올
리고 있고, 어떤 책 한 권을 구상하고 있는 겁니다. 그리고 이것은
다른 어떤 것만큼이나 현실적인 겁니다. 나는, 〈현실은 일상적인 것
이고 그것이 아닌 다른 것은 비현실적〉이라는 일반적인 사람들의 생
각은 오류라고 생각합니다. 지구가 생겨온 이래 정열과 관념과 추측
들은 일상적인 것만큼이나 현실적이었고, 그리고 게다가 그것들은 늘
일상적인 것들까지 만들어내곤 했습니다. 나는 세계의 모든 철학자들
이 실생활에 영향을 미치고 있다고 생각합니다.

기버트 : 당신의 작품으로 돌아가서 당신이 영감을 받았던 작가들은
누구입니까?

보르헤스 : 내가 영감을 받았던 사람들은 내가 읽었던 책들과 그리
고 또한 내가 읽지 않았던 책들이라고 생각합니다. 내 앞서의 모든
문학. 나는 내가 이름을 모르고 있는 사람들에게 빚을 지고 있습니
다. 상상을 해보세요, 한 사람이 한 언어로 작품을 쓴다, 영문학의
영향을 받은 어떤 사람이 스페인어로 글을 쓴다라고. 이것은 내게 수
많은 작가들이 영향을 미쳤다는 것을 뜻합니다. 언어에는 한 문학의
전통 전체가 스며들어 있지요.

예를 들어, 나는 중국 철학에 대한 공부로 여러 해를 보냈었지요.
특히 내게 아주 흥미로웠던 도교, 그리고 불교 또한 공부를 했었지
요. 또한 나는 수피교(회교의 범신론 신비주의 ── 역주)에도 관심을 가
졌었지요. 따라서 이 모든 것들이 내게 영향을 끼쳤지만 어느 선까지
영향을 끼쳤는지는 알 수가 없습니다. 나는 이 동양의 종교들, 또는

철학들을 사색과 행동을 위한 하나의 가능성으로서 공부를 했거나, 또는 문학을 위한 상상력의 관점에서 그것들을 공부했습니다. 그렇지만 나는 이러한 게 모든 철학에 일어나는 현상이라 생각합니다. 나는 어떤 책을 대하면서 쇼펜하우어, 또는 버클리를 제외하고 세계에 대해 진실되고, 심지어는 그럴 듯하게조차라도 묘사하고 있는 책을 읽고 있구나 하는 느낌을 가져본 적이 없었다는 생각이 듭니다. 나는 오히려 형이상학에서 더 많은 환상문학성을 발견했었지요. 예를 들어, 나는 내 자신이 기독교인인가에 대한 확신이 없습니다. 그럼에도 불구하고 저는 신학적인 의문 때문에 『자유의지』, 『영원한 벌과 영원한 환희』 등과 같은 신학에 관한 많은 책들을 읽었지요. 이 모든 것들이 내겐 흥미로웠지만 그것들은 단지 나의 상상력을 풍요롭게 하기 위한 가능성으로서였지요.

물론 만일 어떤 이름들을 언급해야 한다면 나는 기쁘게 휘트먼, 체스터턴, 쇼우와 에머슨처럼 자주 다시 읽게 되곤 하는 어떤 작가들에게 은혜를 느낀다고 말할 겁니다. 또한 문학적으로 많이 알려져 있지 않은 그런 사람들도 포함시킬 수 있을 겁니다. 예를 들어, 내가 만났던 사람들 중 개인적으로 내게 가장 깊은 인상을 남겼던 사람은 아르헨티나의 작가 마세도니오 페르난데스입니다. 그는 작가로서보다는 보수주의자로 더 잘 알려져 있지요. 그는 독서는 많이 하지 않았지만 아주 독창적인 생각을 가진 그런 사람이었지요. 그는 내게 일종의 아주 거대한 인상을 남겼습니다. 나는 왈도 프랑크(미국 작가, 1889-1967 — 역주)나 오르떼가 이 가세뜨(스페인의 철학자, 1883-1955 — 역주)와 같은 다른 나라의 유명한 사람들과 이야기를 나눈 적이 있었지만 그들과 나눈 이야기를 거의 기억하지 못합니다. 그러나 만일 지금 마세도니오 페르난데스와 이야기를 나눌 수 있다고 가정해 본다면 나는 내가 이미 죽어버린 사람과 이야기를 나누고 있다는 그런 기적의 충격조차 잊어버리고 그의 말에 귀를 기울이고, 그리고 내가 지금 유령과 이야기를 나누고 있다는 사실조차 잊어버리게 될 겁니다. 또한 스페인의 안달루시아 출신 유태인이자 모든 시대에 걸쳐 살고 있는 작가인 라파엘 깐시노스 아센스(스페인 작가, 1883-1964 — 역주) 역시 내게 많은 영향을 끼쳤지요. 나는 그를 스페인에서 만났습니다. 내가 만났던 사람들 중 — 왜냐하면 나와 아주 가까웠기 때문에 판단을 내릴 수 없는 아버지를 제외하고 — 내게 가장 깊은 인상을 남긴 사람은 마세도니오 페르난데스와 깐시노스 아센스였습니다. 나는 루고네스(아르헨티나의 시인, 1874-1938 — 역주)에 대해서도 아주 유쾌한 기억을 가지고 있습니다. 루고네스의 글은 내가 그와 나누었던 대화보다 훨씬 더 중요한 의미를 가지고 있습니다. 그리고 여기서 현재의 내가 있기까지 필수불가결했던 한 사람에 대해 언급하지 않는 것은 부당하고 비합리적인 일일 겁니다. 내게 있어 몇 안되는 절대불가결한 사람들 중의 하나, 즉 나의 어머니입니다. 나의 어머니는 지금 부에노스 아이레스에 계십니다. 그녀는 영광스럽게도 페론의 독재 시절 나의 여동생과 조카들 중의 하나가 그랬던 것처럼 감옥에 가 계셨었지요. 나의 어머니는 지금 91세임도 불구하고 나와 내가 알고 대부분의 여성분들보다 훨씬 젊습니다. 나는 어머니가 어떤 방식으로든 간에 내가 썼던 글들을 함께 썼다고 생각합니다. 그리고 반복하지만, 나에 대해 말하면서 레오노르 아세베도 데 보르헤스(어머니의 이름)에 대해 말하지 않는다면 하나의 어불성설을 저지르는 일이 될 겁니다.

기버트 : 당신의 책에 보면 다른 언어로 된 단어들이나 인용들이 많이 나오는데 이따금 그것이 독자들로 하여금 혼동을 느끼리라 생각지 않으십니까?

보르헤스 : 물론이지요. 그렇지만 나는 늘 영어로 생각을 하고, 그리고 게다가 번역이 불가능한 영어 단어들이 있다고 생각합니다. 그러니까 정확성을 기하기 위해 그것들을 쓰는 거지요. 말하자면 나는

척하기 위해 그것을 쓰고 있는 게 아닙니다. 게다가 어쩔 수 없이 그런 일이 일어날 수밖에 없다는 거지요. 다시 영어로 말하게 됩니다만 I have done most of my reading in English(나는 대부분의 나의 독서를 영어로 했습니다). 그래서 맨 먼저 떠오르는 단어가 영어인 것은 아주 당연한 일 아니겠습니까. 저도 독자들로 하여금 불편을 느끼지 않도록 하기 위해 그렇게 하지 않으려고 노력을 합니다. 스티븐슨은 한 장의 글에서 모든 단어들은 한쪽을 바라보아야 한다고 했습니다. 따라서 외국어로 된 한 단어가 나온다면 그것은 다른쪽을 바라보는 게 되고, 그것은 독자로 하여금 혼란감을 느끼도록 만들지도 모르지요. 그렇지만 사람들이 전혀 그 뜻을 놓치지 않게 되는 그런 단어들이 있는 법입니다. 왜냐하면 그것들은 뜻하고 있는 어떤 것을 정확하게 표현하고 있기 때문이지요.

기버트 : 당신은 영화 시나리오도 쓰신 걸로 알고 있는데요.
보르헤스 : 우고 산띠아고와 아돌포 비오이 까사레스와 함께 환상적인 성격을 가진 시나리오 하나를 썼지요. 제목은 「침략」이 될 겁니다. 부에노스 아이레스가 무대인데 나의 단편 「죽음과 나침반」에 나오는 부에노스 아이레스, 그러니까 꿈과 악몽의 부에노스 아이레스지요. 구성은 산띠아고가 했고, 그가 아마 감독을 하게 될 겁니다.
나의 또 다른 단편인 「죽은 자」가 아마 미국에서 영화화될 겁니다. 그 작품은 브라질 국경에서 일어난 사건을 다루고 있는데 내 생각에 아마 미국에서 영화를 찍을 것 같습니다. 그러나 중요한 것은 이야기의 플롯이지 지역적 색깔이 아닙니다. 나는 그 배경을 미국 서부 깊숙한 지역으로 바꿔보라고 권고를 했었지요. 아마 벌써 시나리오 작업에 들어갔으리라 생각합니다.
비오이 까사레스와 함께 썼던 다른 두 편의 시나리오는 아르헨티나 영화사들로부터 퇴짜를 맞았고, 『근교』 그리고 『믿는 자들의 천국』이라는 제목의 책으로 발간이 되었습니다.

  기버트 : 어떤 타입의 영화들을 좋아하십니까?

  보르헤스 : 나는 예를 들어 「모든 계절에 맞는 사람」과 같이 대사가 가장 중요한 위상을 점하고 있는 그런 영화를 좋아합니다(약한 시력 때문에 ── 역주). 또한 「웨스트 사이드 스토리」나 「마이 페어 레이디」 같은 뮤지컬들도 좋아하지요. 반대로 이탈리아 영화나 스웨덴 영화는 내게 별로예요. 왜냐하면 나는 이탈리아어나 스웨덴어를 잘 모르고, 보지도 못하고, 그래서 소외감을 느끼니까요. 나는 서부 영화와 히치 코크의 영화들을 아주 좋아합니다. 내게 가장 인상 깊었던 영화들 중의 하나가 「하이눈」이었지요. 왜냐하면 우리들은 작가들이 시 또는 문학의 가장 오래된 형태 ── 왜냐하면 시가 산문보다 먼저 나왔기 때문에 ── 가 서사라는 것을 잊어버리고 있는 시대에 살고 있으니까요. 나는 할리우드가 서부 영화를 가지고 세계의 서사성을 살려놓았다고 생각합니다. 나는 사람들이 서부 영화에서 서사적인 것의 맛, 서사시들의 가치, 용기와 모험의 즐거움을 찾는다고 생각합니다. 일반적으로 나는 다른 나라의 영화보다 미국 영화를 좋아합니다. 나는 프랑스 영화는 〈지리함에 대한 열광〉이라고 생각합니다. 제가 파리에 머무는 동안 저는 많은 프랑스 작가들과 얘기를 나누었고, 그들을 놀려주고, 그리고 게다가 솔직하게 내 느낌을 털어놓기 위해 미국 영화를 더 좋아한다고 말했지요. 그들은 모두 만일 어떤 사람이 흥분과 재미를 찾기 위해 극장에 간다면 그것을 미국 영화에서 발견하게 될 거라는 점에 동의를 하더군요. 그들은 「마리앵바드에서의 지난해」, 또는 「히로시마 내 사랑」 등과 같은 작품은 일종의 의무감으로 만들었지만 그 영화들을 좋아하는 사람들은 거의 없었다고 말하더군요.

  기버트 : 당신은 탐정소설에 대해 관심이 있으십니까?

보르헤스 : 물론이지요. 비오이 까사레스와 함께 저는 한 아르헨티나 출판사에 시리즈로 탐정소설들을 출판하라고 제의를 했었지요. 처음에는 그런 유의 소설들은 미국, 또는 영국에서나 읽지 아르헨티나에서는 아무도 읽지 않을 거라고 고개를 젓더군요. 그러나 마침내 우리는 그들을 설득하는 데 성공했고 —— 그렇게 하는 데 1년이라는 세월이 걸렸지요 ——, 현재 비오이와 내가 기획을 하고 있는 『일곱번째 원』 시리즈는 거의 200여 권의 탐정소설을 발간했지요. 그 중 어떤 것들은 3판에서 4판까지 찍은 것들도 있습니다. 저는 또 그 출판사에 공상과학 소설을 출판하라고 제안을 했지요. 그런데 그들은 아무도 사보지 않을 거라고 역시 고개를 젓더군요. 현재 다른 출판사가 그것들을 출판하고 있고, 나는 첫번째 권으로 브래드뷰리의 『화성 연대기』를 추천했지요.

기버트 : 노벨상에 관해 —— 최근에 미겔 앙헬 아스뚜리아스(과테말라 작가 —— 역주)에게 주어졌지만 —— 사람들이 라틴아메리카 작가들 중에서는 보르헤스와 네루다의 이름을 거명하고 있는데 …….
보르헤스 : 몇 사람의 이름, 즉 버트란트 러셀, 버나드 쇼, 포크너와 같은 이름들을 생각한다면 그것이 내게 주어진다는 것은 어불성설이겠지요.

기버트 : 이번의 결정에 대해 동의하십니까?
보르헤스 : 내가 아스뚜리아스를 선호하는지는 모르겠으나 보르헤스에게 주어지기 전에 먼저 네루다에게 주어져야 한다고는 생각합니다. 왜냐하면 비록 우리가 정치적으로는 나누어져 있지만 저는 그가 뛰어난 시인이라고 생각하기 때문입니다. 저는 몇 해 전 딱 한 차례 네루다와 이야기를 나눈 적이 있습니다. 우리 둘은 젊었고, 그리고 〈스페인어로 시를 쓴다는 것은 불가능하다, 차라리 영어로 쓰는 게 낫다,

왜냐하면 스페인어는 아주 조악한 언어이기 때문이다〉라는 결론에 도
달했지요. 아마 그때 우리는 약간 상대로 하여금 감탄하도록 만들기
위해 서로 자신의 의견을 지나치게 과장했던 것 같습니다. 사실 나는
네루다의 작품에 대해 잘 알지 못하지만 그는 월트 휘트먼, 또는 아
마 칼 샌드버그의 뛰어난 후예라고 생각합니다.

기버트 : 동시대 작가들 중 누가 당신의 문체의 영향을 가장 많이
받았다고 생각합니까?

보르헤스 : (그들의 기분을 상하지 않게 하기 위해서라도) 그 누구
도 없습니다. 그러나 모든 작가는 하나의 영향이지요. 저는 문학을
하나의 대화라고 생각합니다. 나는 그들에게 빚을 지고, 아마 그들
또한 내게 빚을 지었는지도 모르지요. 중요한 것은 서로 주고받는 게
영향이 아니라는 거지요.

기버트 : 젊은 작가들에게 충고를 하신다면?

보르헤스 : 젊은 작가들에게 아주 초보적인 충고를 하나 하고 싶습
니다. 작품의 발표가 아닌 작품 자체에 대해 생각하라고. 발표를 하
려고 서두르지 말고, 독자를 망각하지 말라고. 그리고 픽션을 쓰려거
든 진지성을 가지고 상상할 수 없는 그 어떤 것도 쓰지 말라고. 단지
놀랍다는 이유만으로 어떤 것들을 쓰지 말고, 자신의 상상이 용인할
수 있는 그 어떤 것들을 쓰라고. 그리고 문체에 관해서는 어휘의 풍
요함보다는 어휘의 빈곤함을 추종하라고 충고하고 싶습니다. 문학 작
품에서 흔히 발견되는 도덕적 흠집의 하나를 말하라고 한다면 그것은
〈공허성〉입니다. 내가 비록 그의 재능이나 천재성을 부정하는 것은
아니지만 무엇보다 루고네스를 좋아하지 않는 이유들 중의 하나는 그
의 글쓰기에서 어떤 공허함 같은 것을 느끼기 때문입니다. 만일 한
페이지의 글에서 모든 형용사들과 비유들이 새로운 것이라면 독자의

감탄을 기대하는 이러한 양식은 늘 공허함이 되고 맙니다. 게다가 나는 독자가 그런 글을 대하고서 〈아, 이 작가가 솜씨가 있구나〉 하고 느끼리라 생각지 않습니다. 반대로 작가가 그렇게 느끼고, 독자는 그렇게 느끼지 않는 게 낫습니다. 모든 것이 잘 되어 있을 때는 그것이 쉬워보일 뿐만 아니라 또한 절대적으로 필수불가결한 것으로 보일 겁니다. 또한 나는 작가가 즉흥적이 되어서는 안 된다고 생각합니다. 왜냐하면 그것은 작가가 지나치게 빨리 어떤 어휘를 맞는 것으로 단정하게 되는 것을 의미하고, 그러한 어휘는 내게 그럴 듯한 사실성이 전혀 없어 보이기 때문입니다. 그러나 일단 한 작품이 끝나면, 그것은 비밀스러운 전략과, 공허한 기교가 아닌 겸허한 솜씨로 가득 차 있을지라도 즉흥적인 듯한 것으로 보여야 합니다.

기버트 : 당신의 정치적 입장은 무엇입니까?

보르헤스 : 나는 보수당에 속해 있고, 왜 그러한지 설명을 하겠습니다. 대통령 선거가 있기 며칠 전 저는 보수당에 가입을 했지요. 나는 항상 급진주의자였는데 그것은 내 가계의 전통 때문이었지요. 나의 외할아버지인 아세베도는 알렘(아르헨티나 급진주의 정당의 지도자, 1842-1896 — 역주)의 절친한 친구였고, 따라서 자신의 정치관이나 판단이 아닌 의리 때문에 그와 같은 길을 걸으셨지요. 후에 나는 급진주의자들이 공산주의자들과 동맹을 맺으려 하고 있다는 인상을 받았지요. 나는 선거가 있기 5일인가 6일 전에 아르도이(보수당의 간부)를 찾아가 민주보수당에 가입하고 싶다고 말했지요. 그는 경악한 눈으로 나를 쳐다보았고, 내게 말하더군요.

「그렇지만 우리는 선거에서 패배할 것인데 당신이 가입한다는 게 우스운 일 아니겠는지요?」

그래서 나는 그에게 다음과 같이 말했습니다.

「신사는 항상 잃는 자의 편이지요」

「만일 잃는 자의 편이 되고자 한다면 —— 그가 내게 대꾸하더군요 ——, 더 이상 딴 데로 갈 필요가 없습니다. 여기가 바로 그곳입니다」

우리들은 웃었고, 그리고 나는 보수당에 가입했지요……. 그리고 보수당은 현격한 차이로 급진주의자들을 이겼지요. 나는 많은 사람들에게 —— 특히 여기 미국에서 —— 아르헨티나에서 보수주의자가 되는 것은 우익이 아닌 중립이 되는 것임을 설명해야 하곤 했습니다. 즉 나는 공산주의자들에 대한 나의 태도와 마찬가지로 민족주의자들이나 파시스트들에 대해서도 진저리를 느낍니다. 그래서 나는 지금도 언제나 내가 있었던 바로 그 자리에 계속 있는 것이라고 생각합니다. 대략 저는 민주주의를 신봉하는 사람입니다. 그리고 나는 무엇보다도 반페론주의자입니다. 페론 정부는 이것에 대해 전혀 의구심을 갖지 않았지요. 그들은 내게서 보잘것없는 작은 직장마저 빼앗아 가면서 저를 박해했지요. 그러나 나의 어머니, 누이, 그리고 한 조카는 감옥에 들어가야 했습니다. 나는 그 시대 실상의 목격자이지요.

기버트 : 당신은 종교인입니까?
보르헤스 : 아닙니다.

기버트 : 당신은 여행하기를 좋아합니까?
보르헤스 : 나는 전혀 여행하기를 좋아하지 않습니다. 그러나 그 전에 내가 여행을 많이 했다는 사실을 좋아합니다. 나는 〈사람은 기억을 통해 여행을 한다〉고 생각합니다. 그러나 물론 과거가 존재하기 위해서는 일단 그 당시로서의 현재가 있어야겠지요.

기버트 : 새로운 세대를 위해 해주고 싶은 말씀이 있으십니까?
보르헤스 : 아니요. 그리고 저는 여타의 사람들에게 그 어떤 충고도 할 수가 없습니다. 나는 나의 인생조차도 겨우 간신히 꾸려왔으니까

요……. 나는 약간 표류하며 나의 삶을 살았지요.

리타 기버트

옮긴이의 말

20세기의 창조자 : 호르헤 루이스 보르헤스

이미 할머니로부터 배운 영어와, 모국어인 스페인어를 동시에 쓰고 있는 여섯 살 난 한 소년이 하루는 못이룬 꿈이 〈작가〉였던 자신의 아버지 앞에서 자신은 앞으로 작가가 되겠다고 수줍게 선언한다. 소년의 아버지 호르헤 기예르모 보르헤스 Jorge Guillermo Borges, 그는 몇 편의 시와 에세이를 발표한 적이 있고 미간행작 희곡 한 편도 가지고 있던 아마추어 작가이다. 변호사라는 바쁜 직업 때문에 성취시킬 수 없었던 가슴속의 불을 아들이 대신해 주었으면 하는 그의 열망은 이 이중 언어를 썼던 소년이 20세기 중·후반 인류의 지성사를 뒤흔들며 돌출한 새로운 세계관의 정점에 서게 됨으로써 마침내 달성된다.

호르헤 루이스 보르헤스 Jorge Luis Borges, 19세기의 마지막 해인 1899년 아르헨티나의 수도 부에노스 아이레스에서 태어난 그는 현대 소설의 아버지라 불리는 헨리 제임스 Henry James(1843-1916)처럼 거의 정규적인 교육과는 거리가 먼 성장기를 보냈다. 대신 그는 역시 헨리 제임스와 마찬가지로 영국계인 할머니와 가정교사인 팅크 Tink

양으로부터 영어를 배우는 등 개인교수를 통한 교육을 중점적으로 받았다. 가슴속에 아버지의 못다피운 야망까지 함께 거느리며 가야 했기 때문일까? 조지(집에서는 할머니의 뜻에 따라 〈호르헤〉를 뜻하는 이 영어 이름으로 불려지곤 했다)는 이미 일곱 살 때 영어로 『그리스 신화』 요약을, 여덟 살 때는 『돈키호테』를 읽고 영감을 받은 「치명적인 모자의 챙」이라는 단편소설을 쓰고, 그리고 오스카 와일드Oscar Wild (1854-1900)의 영어 단편 「행복한 왕자」를 스페인어로 번역한다.

아마도 자신의 아버지와 후에 자신마저 깜깜한 암흑의 세계로 몰고 간 일종의 유전적 시력 결함이 역설적이게도 보르헤스로 하여금 세계적 작가, 또는 세계주의cosmopolitan 적 작가가 되도록 하는 계기를 만들어주었는지도 모른다. 보르헤스의 문학 세계가 닻을 내리기 시작하는 1920-1940년대 라틴아메리카 문학의 중추적인 흐름이었던 지역주의regionalism 의 시각으로는 다소 의아스럽고, 현학적이고, 어딘가 미진해 보이고, 한편으로는 충격적일 수밖에 없었던 그런 문학 세계 말이다. 호르헤 루이스가 열다섯 살이 되던 해 거의 장님이 되다시피 한 그의 아버지는 변호사직에서 은퇴를 할 수밖에 없었고, 가족을 데리고 당시로서는 아르헨티나보다 물가가 쌌던 유럽으로 이주를 한다. 전화위복이라고 해야 할까, 이 불운한 거주 이전은 보르헤스에게 다양한 문화권의 저작들과 접하고, 여러 언어들을 습득할 수 있는 구체적이고 실질적인 기회를 제공해 준다. 1차 세계대전의 발발 때문에 영국과 프랑스와 이탈리아를 여행하던 그의 가족이 정착지로 택한 곳은 스위스의 제네바였고, 아주 국제적인 교육 분위기를 가지고 있는 리세 장 칼뱅이라는 학교에서 그는 프랑스어와 라틴어를 배우게 된다. 비록 자신의 육체가 태어난 곳은 아니었지만 작가로서의 자신이 탄생할 수 있도록 밑거름이 되어준 제네바에 대해 절체절명의 의미부여는 그가 자신의 죽음의 장소로 그곳을 택했다는 것에서 익히 증명된다. 간암 선고를 받고 죽음을 예상하게 된 보르헤스는 1970년대

이후 자신을 그림자처럼 따라다니던 일본계 아르헨티나인 여비서 다리아 고따마 María Gotama 와 결혼한 뒤 제네바로 가 약 1개월 후인 1986년 6월 14일 운명한다. 20세가 되던 1919년 가족을 따라 스페인으로 다시 이주하기 전까지 제네바는 보르헤스에게 프랑스어, 라틴어, 독일어에 대한 지식과 함께 그러한 언어들 속에 자리잡고 있는 셀 수 없이 많은 문학과 철학 작품들을 읽을 수 있는 공간과 시간을 마련해 주었던 것이다.

한 보르헤스 연구가는 보르헤스에 관한 한 가지 매우 재미있는 일화에 대해 언급한다. 그 어떤 작가보다 전세계적 주제와 소재에 천착했음에도 불구하고 전세계적으로 알려진 다른 라틴아메리카 작가들과 비교해 보르헤스만큼 자신의 고국에서 그처럼 오랫동안 살았던 작가는 없었다고. 예를 들어, 소위 보르헤스적 〈환상적 사실주의〉의 다음세대 적자에 해당하는 훌리오 꼬르따사르 Julio Cortázar(1916-1984)는 반생을 파리에서 보냈고, 멕시코의 소설가 까를로스 푸엔떼스 Carlos Fuentes(1928-)는 주로 미국과 유럽 등지에서 살고 있다. 보르헤스의 이러한 귀소본능은 비록 개연적인 일화에 불과하지만 그의 작가로서의 첫 시작이 라틴아메리카와 같은 언어를 쓰고 있는 스페인에서 발발되었다는 점에서도 확인해 볼 수가 있다. 처음에는 세비야 시에서, 다음에는 수도인 마드리드에서 출발한 보르헤스의 첫 문학 역정은 스페인판 아방가르드인 〈최후주의ultraismo〉였다. 2년 후인 1921년 귀국하여 라틴아메리카, 특히 아르헨티나 문학계에 상당한 영향을 미치게 됐던 보르헤스의 〈최후주의〉는 그의 첫 자비 출간 시집인 『부에노스 아이레스의 열기』에서 첫 결실을 맺게 된다. 〈독일 표현주의〉와 〈최후주의〉의 이국적 의상을 걸쳐 입고 되돌아온 아르헨티나에서의 보르헤스의 문학 작업은 《프리즘 Prisma》, 《뱃머리 Proa》, 《마르면 피에로 Martín Fiero》 등과 같은 새로운 잡지들의 창간 및 그것들에의 참여, 그리고 시작 및 에세이들의 발표가 주를 이루었다. 그의 에세이 작업은 시작과 거의 동등할 만큼 활발한 것이어서 1925년 그의 두 번째 시집인 『앞의 달』과 함께 첫 에세이집 『심문』이 발간된다.

그러나 보르헤스 문학의 핵심이라고 할 수 있는 소설에 이르기 위해서는 그가 귀국한 지 14년 후인 1935년까지 기다려야 한다. 다소 보르헤스 소설 문학의 본체가 출현하기 전의 〈워밍업〉과도 같은 첫 소설집 『불한당들의 세계사』는 곧 보르헤스 단편 문학의 대표작 중의 하나라고 할 수 있는 1939년의 「뻬에르 메나르, 『돈키호테』의 저자」로 이어진다. 그리고 마치 보르헤스의 대명사처럼 알려진 그의 작품집 『픽션들』의 1부에 해당하는 「끝없이 두 갈래로 갈라지는 길들이 있는 정원」이 1941년에, 이 작품집에 실려 있는 여덟 개의 단편과 「기교들」이라는 소제목과 함께 다른 아홉 개의 단편들을 함께 묶은 『픽션들』이 1944년에, 그리고 열일곱 개의 단편들을 묶은 보르헤스의 또 다른 대표 작품집인 『알렙』이 1949년에 발간된다. 이 두 개의 작품집으로 보르헤스는 세계적인 이목을 받게 되는 작가로 자리잡게 된다. 소설 장르가 주조를 이루었던 이 기간 동안 보르헤스의 시 작업은 매우 간헐적이었지만 에세이 작업은 여전히 활발했다. 비록 1960년에 『제작자』(소설과 시가 섞여 있다), 1970년에 유일하게 상당히 사실주의적(?)인 『브로디의 보고서』, 1975년에 『모래의 책』, 1983년에 『셰익스피어 대한 기억』 등의 소설집들을 출간하지만 실제로 보르헤스의 소설 세계는 『픽션들』과 『알렙』에 압축되어 있다고 해도 과언이 아니다. 1961년 그는 사무엘 베케트와 함께 〈세계작가 연맹〉이 수여하는 〈포멘터상〉을 필두로 수많은 국제적인 문학상들과, 세계의 거의 모든 주요 대학에서 명예박사학위를 받았다. 그러나 그는 끝끝내 노벨상을 받지는 못했다. 아마 그가 노벨상을 받을 수 있는 마지막 기회처럼 보였던 1983년, 상이 영국작가 윌리엄 골딩에게 돌아가자 스웨덴 한림원의 한 위원이 탈퇴하는 사태까지 벌어졌다. 전세계의 많은 식자들이 이에 대해 〈아마 스웨덴 한림원 위원들은 정말로 글을 읽을 줄 모르는 게 아니냐〉고 비판을 쏟았다. 그러나 이러한 전통 보수적 스웨덴 한림원의 보르헤스에 대한 거부에도 불구하고 서구는 모두 그의 〈허구적 예언〉으로부터 추출한 기호학, 상호 텍스트성, 해체주의, 환상적 사실주의, 독자반응 이론, 마술적 사실주의, 후기구조주의, 포스트 모더니즘과 같은 세계 속으로 진입해 들어갔다. 이제 위에서 열거한, 20세기 후반 서구의 본체를 결정짓는 그러한 충격적인 패러다임들이 모두 보르헤스로부터 나왔다는 것을 부정하는 사람은 아무도 없다.

우리가 실제라고 믿었던 것을 허구로 끌어내리고, 허구라고 믿었던 것을 실제로 승격시켜 놓은 그러한 보르헤스의 세계가 그의 신체적 결함과 관계가 있었을까? 보르헤스는 자신의 아버지와 마찬가지로 30대 후반부터 거의 장님에 가까운 급격한 시력의 저하를 맛보았다. 이러한 선천적 재앙과 더불어 개인적 삶 또한 그의 문학이 이룬 영화처럼 순탄한 것은 아니었다. 1946년 보르헤스는 정권을 잡은 페론에 대한 공개적인 반대로 생계 수단이었던 시립도서관 사서직을 박탈당하게 된다(물론 1955년 페론이 정권에서 물러나자 국립도서관장직을 맡게 된다). 보르헤스의 결혼생활 역시 일반적인 관습적 시각에서 볼 때 정상적인 것이라 할 수는 없었다. 그는 68세가 되던 1967년 어렸을 때의 친구였고, 30년 동안 보지 못했다가 해후한 엘사 아스떼떼 미얀과 결혼한다. 그러나 그녀와의 결혼은 3년 후인 1970년 이혼으로 끝이 난다. 그의 두번째 결혼은 앞에서 언급한 대로 자신의 여비서와 1986년 4월 26일, 즉 죽기 한 달 반 전에 치러진 것으로서 거의 상징적인 의미 외에는 그 어떤 의미도 없다고 볼 수 있다. 50대 중반부터 그는 안과의사로부터 〈쓰기〉와 〈읽기〉를 금지당해 어머니와 다른 사람들의 도움을 받아 독서와 집필을 해야 했다. 1983년 4월 27일 그는 《나라 La nación》지에 기고한 「1983년 8월 25일」이라는 단편에서 바로 그 날에 자살을 할 것이라고 예언을 한다.

「나는 너의 기억의 깊은 곳, 꿈들의 조수 속에 머무르겠지」

그(또 다른 나)는 말을 멈추었고, 나는 그(또 다른 나)가 죽었다는 것을 깨달았다. 어떻게 보면 나 또한 그와 함께 죽었을 것이었다. 슬픔에 빠진 나는 베개를 쓸어보았다. 거기에는 이제 아무도 없었다.

나는 방을 빠져나갔다. 밖에는 정원도, 대리석 층계도, 고적한 저택도, 유카리나무들도, 동상들도, 광장도, 우물들도, 아드로게 마을에 있는 농장 철책의 현관문도 없었다.

밖에서 나를 기다리고 있던 것은 또 다른 꿈들이었다.

―――「1983년 8월 25일」끝부분

보르헤스가 8월 25일을 선택한 것은 그의 생일이 8월 24일이기 때문이었던 듯하다. 그러나 그날이 지나도 그가 자살을 하지 않자 한 기자가 왜 자살을 하지 않았느냐고 물었다. 보르헤스가 대답했다.

「겁이 나서」

아마 라틴아메리카 현대소설을 공부한 비스페인어권 사람이라면 한 번쯤은 자국어로 보르헤스를 번역하고픈 생각이 들지 않은 사람은 없을 것이다. 역자는 보르헤스의 소설들을 처음 읽었을 때의 그 엄청난 충격을 지금도 잊어버릴 수가 없다. 그것은 마치 그때까지 꿈으로조차 전혀 경험해 보지 못한 세계에 내동댕이쳐진 듯한 경이로움 때문에 오는 것이었다. 비록 개인차는 있겠지만 나는 누가 되었든 간에 보르헤스의 소설들을 읽고 나면 그런 경험을 하게 되리라 생각한다. 다만 이 번역본이 얼마만큼 원문의 그러한 세계를 한국어로 되살릴 수 있는가가 관건일 것이다. 그의 소설집에는 『불한당들의 세계사』, 『픽션들』, 『알렙』, 『브로디의 보고서』, 『모래의 책』, 『셰익스피어에 대한 기억』이 있다. 여기에 시/산문집인 『제작자』, 『그림자의 엘러지』, 『호랑이들의 황금』에 들어 있는 많은 단편들이 포함된다. 이 작품들은 모두 민음사에서 역자에 의해 번역될 것이다. 보르헤스의 난해성은 그의 작품들이 끊임없이 기존해 있는 문학과 철학들을 시사하고 있는 데에 기인한다. 따라서 독자의 이해를 돕기 위해 많은 역자의 주를 달았다. 부족하나마 보르헤스를 읽는 독자들에게 도움이 되었으면 싶다.

황병하

황병하

텍사스 휴스턴 대학 졸업
동 대학원 석사
U.C.L.A. 박사(라틴아메리카 현대소설 및 현대소설론)
광주여대 창작문학과 교수로 재직하다 1998년 타계
저서 평론집『반리얼리즘 문학론』,『메타비평을 위하여』, 장편소설『흑맥주』
역서 보르헤스 전집(전5권)『불한당들의 세계사』,『픽션들』,『알렙』,
　　　『칼잡이들의 이야기』,『셰익스피어의 기억』등

불한당들의 세계사

1판 1쇄 펴냄　1994년 9월 25일
1판 35쇄 펴냄　2023년 5월 30일

지은이　호르헤 루이스 보르헤스
옮긴이　황병하
발행인　박근섭, 박상준
펴낸곳　(주)민음사

출판등록 1966. 5. 19. 제 16-490호
서울특별시 강남구 도산대로1길 62(신사동)
강남출판문화센터 5층 (우편번호 06027)
대표전화 02-515-2000 팩시밀리 02-515-2007
www.minumsa.com

한국어 판 ⓒ (주)민음사, 1994. Printed in Seoul, Korea
ISBN 978-89-374-0175-6 04890
ISBN 978-89-374-0174-9 (전5권)

* 잘못 만들어진 책은 구입처에서 교환해 드립니다.